永远的背影：朱自清读书与做人

朱自清 / 著

国际文化出版公司
·北京·

图书在版编目（CIP）数据

永远的背影：朱自清读书与做人 / 朱自清著．—北京：国际文化出版公司，2014.4
ISBN 978-7-5125-0675-6

Ⅰ.①永… Ⅱ.①朱… Ⅲ.①散文集－中国－现代 Ⅳ.①I266

中国版本图书馆 CIP 数据核字（2014）第 062916 号

永远的背影：朱自清读书与做人

作　　者	朱自清
责任编辑	戴　婕
统筹监制	葛宏峰　刘　毅
策划编辑	徐　峰　刘露芳
美术编辑	秦　宇
出版发行	国际文化出版公司
经　　销	国文润华文化传媒（北京）有限责任公司
印　　刷	阳谷毕升印务有限公司
开　　本	700 毫米 ×1000 毫米　　16 开 15.5 印张　　　　　　　　220 千字
版　　次	2014 年 6 月第 1 版 2020 年 1 月第 3 次印刷
书　　号	ISBN 978-7-5125-0675-6
定　　价	38.00 元

国际文化出版公司
北京朝阳区东土城路乙 9 号　　邮编：100013
总编室：（010）64271551　　传真：（010）64271578
销售热线：（010）64271187
传真：（010）64271187-800
E-mail：icpc@95777.sina.net
http://www.sinoread.com

目录 CONTENTS

第一部分 读书之道

- 003　买　书
- 006　《山野掇拾》
- 013　论百读不厌
- 020　论青年读书风气
- 023　什么是文学
- 027　短长书
- 030　古文学的欣赏
- 035　北平诗——《北望集》序
- 038　《子恺漫画》代序
- 041　给《一个兵和他的老婆》的作者——李健吾先生
- 043　《老张的哲学》与《赵子曰》
- 050　叶圣陶的短篇小说
- 056　《子夜》

062	《春蚕》
066	读《心病》
069	《冬夜》序
076	《燕知草》序
080	历史在战斗中——评冯雪峰《乡风与市风》
087	生活方法论——评冯友兰《新世训》
092	美国的朗诵诗
102	读《湖畔》诗集
107	诗与话

第二部分　人生的一角

115	背　影
118	你　我
132	团体生活
142	赠　言
144	春晖的一月
149	冬　天
151	动乱时代
154	沉　默
158	儿　女
165	"海阔天空"与"古今中外"
190	论气节

195	正　义
199	论自己
202	论别人
205	论诚意
209	论青年
213	论东西
216	憎
220	父母的责任
228	论不满现状
232	论且顾眼前
236	刹　那
240	知识分子今天的任务

第一部分 读书之道

买　书

买书也是我的嗜好，和抽烟一样。但这两件事我其实都不在行，尤其是买书。在北平这地方，像我那样买，像我买的那些书，说出来真寒碜死人；不过本文所要说的既非诀窍，也算不得经验，只是些小小的故事，想来也无妨的。

在家乡中学的时候，家里每月给零用一元。大部分都报效了一家广益书局，取回些杂志及新书。那老板姓张，有点儿抽肩膀，老是捧着水烟袋；可是人好，我们不觉得他有市侩气。他肯给我们这班孩子记账。每到节下，我总欠他一元多钱。他催得并不怎么紧；向家里商量商量，先还个一元也就成了。那时候最爱读的一本《佛学易解》（贾丰臻著，中华书局印行）就是从张手里买的。那时候不买旧书，因为家里有。只有一回，不知哪儿来检《文心雕龙》的名字，急着想看，便去旧书铺访求：有一家拿出一部广州套版的，要一元钱，买不起；后来另买到一部，书品也还好，纸墨差些，却只花了小洋三角。这部书还在，两三年前给换上了磁青纸的皮儿，却显得配不上。

到北平来上学入了哲学系，还是喜欢找佛学书看。那时候佛经流通处在西城卧佛寺街鹫峰寺。在街口下了车，一直走，快到城根儿了，才看见那个寺。那是个阴沉沉的秋天下午，街上只有我一个人。到寺里买了《因明入正理论疏》《百法明门论疏》《翻译名义集》等。这股傻劲儿回味起来颇有意思；正像那回从天坛出来，挨着城根，独自个儿，探险似地穿过许多没人走的碱地去访陶然亭一样。在毕业的那年，到琉璃厂华洋书庄去，看见新版《韦伯斯特大字典》，定价才十四元。可是十四元并不容易找。想来想去，只好硬了心肠将结婚时候父亲给做的一件紫毛（猫皮）水獭领大氅亲手拿着，走到后门一家当铺里去，说当十四元钱。柜上人似乎没有什么留难就答应了。这件大氅是布面子，土式样，领子小而毛杂——原是用了两副"马蹄袖"拼凑起来的。父亲给做这件衣服，可很费了点张罗。拿去当的时候，也踌躇了一下，却终于舍不得那本字典。想着将来准赎出来就是了。想不到竟不能赎出来，这是直到现在翻那本字典时常引为遗憾的。

　　重来北平之后，有一年忽然想搜集一些杜诗。一家小书铺叫文雅堂的给找了不少，都不算贵；那伙计是个麻子，一脸笑，是铺子里少掌柜的。铺子靠他父亲支持，并没有什么好书；去年他父亲死了，他本人不大内行，让伙计吃了，现在长远不来了，他不知怎样。说起杜诗，有一回，一家书铺送来高丽本《杜律分韵》，两本书，索价三百元。书极不相干而索价如此之高，荒谬之至，况且书面上原购者明明写着"以银二两得之"。第二天另一家送来一样的书，只要二元钱，我立刻买下。北平的书价，离奇有如此者。

　　旧历正月里厂甸的书摊值得看；有些人天天巡礼去。我住的远，每年只去一个下午——上午摊儿少。土地祠内外人山人海摩肩接踵地来往。也买过些零碎东西；其中有一本是《伦敦竹枝词》，花了三毛钱。买来以后，恰好《论语》要稿子，选抄了些寄去，加上一点说明，居然得着五元稿费。这是仅有的一次，买的书赚了钱。

在伦敦的时候，从寓所出来，走过近旁小街。有一家小书店门口摆着一架旧书。上前去徘徊了一下，看见一本《牛津书话选》（The book Lovers' Anthology），烫花布面，装订不马虎，四百多面，本子也不小，准有七八成新，才一先令六便士，那时合中国一元三毛钱，比东安市场旧洋书还贱些。这选本节录许多名家诗文，说到书的各方面的；性质有点像叶德辉氏《书林清话》，但不像《清话》有系统，他们旨趣原是两样的。因为买这本书，结识了那掌柜的，他以后给我找了不少便宜的旧书。有一种书，他找不到旧的；便和我说，他们批购新书按七五扣，他愿意少赚一扣，按九扣卖给我。我没有要他这么办，但是很感谢他的好意。

1935 年 1 月 10 日

《山野掇拾》[a]

我最爱读游记。现在是初夏了；在游记里却可以看见烂漫的春花，舞秋风的落叶……——都是我惦记着，盼望着的！这儿是白马湖读游记的时候，我却能到神圣庄严的罗马城，纯朴幽静的 Loisieux 村——都是我羡慕着，想象着的！游记里满是梦："后梦赶走了前梦，前梦又赶走了大前梦。"[b]这样地来了又去，来了又去；像树梢的新月，像山后的晚霞，像田间的萤火，像水上的箫声，像隔座的茶香，像记忆中的少女，这种种都是梦。我在中学时，便读了康更甡的《欧洲十一国游记》，——实在只有（？）意大利游记——当时做了许多好梦；滂卑古城[c]最是我低徊留恋而不忍去的！那时柳子厚的山水诸记，也常常引我入胜。后来得见《洛阳伽蓝记》，记诸寺的繁华壮丽，令我神往；又得见《水经注》，所记奇山异水，或令我惊心动魄，或让我游目骋怀。（我所谓"游记"，意义较通用者稍广，故将后两种也算在内。）这些或记风土人情，或记山川胜迹，或记"美好的昔日"，或记美好的今天，都有或浓或淡的彩色，或工或泼的风致。而我近来读《山野掇拾》，和这些又是不同：在这本书里，写着的只是"大陆的一角"，"法

---

a 孙福熙作。
b 唐俟先生诗句。
c 即庞贝古城。

国的一区"[a]，并非特著名的胜地，脍炙人口的名所；所以一空依傍，所有的好处都只是作者自己的发现！前举几种中，只有柳子厚的诸作也是如此写出的；但柳氏仅记风物，此书却兼记文化——如 Vicard 序中所言。所谓"文化"，也并非在我们平日意想中的庞然巨物，只是人情之美；而书中写 Loisieux 村的文化，实较风物为更多：这又又以异乎人。而书中写 Loisieux 村的文化，实在也非写 Loisieux 村的文化，只是作者孙福熙先生暗暗地巧巧地告诉我们他的哲学，他的人生哲学。所以写的是"法国的一区"，写的也就是他自己！他自己说得好：

我本想尽量掇拾山野风味的，不知不觉的掇拾了许多掇拾者自己。（原书二六一页。）

但可爱的正是这个"自己"，可贵的也正是这个"自己"！

孙先生自己说这本书是记述"人类的大生命分配于他的式样"的，我们且来看看他的生命究竟是什么式样？世界上原有两种人：一种是大刀阔斧的人，一种是细针密线的人。前一种人真是一把"刀"，一把斩乱麻的快刀！什么纠纷，什么葛藤，到了他手里，都是一刀两断！——正眼也不去瞧，不用说靠他理纷解结了！他行事只看准几条大干，其余的万千枝叶，都一扫个精光；所谓"擒贼必擒王"，也所谓"以不了了之"！英雄豪杰是如此办法：他们所图远大，是不屑也无暇顾念那些琐细的节目！蠢汉笨伯也是如此办法，他们却只图省事！他们的思力不足，不足剖析入微，鞭辟入里；如两个小儿争闹，做父亲的更不思索，便照例每人给

---

[a] 序中语。

一个耳光！这真是"不亦快哉"！但你我若既不能为英雄豪杰，又不甘做蠢汉笨伯，便自然而然只能企图做后一种人。这种人凡事要问底细；"打破沙缸问到底！还要问沙缸从哪里起？"[a]他们于一言一动之微，一沙一石之细，都不轻轻放过！从前人将桃核雕成一只船，船上有苏东坡、黄鲁直、佛印等；或于元旦在一粒芝麻上写"天下太平"四字，以验目力：便是这种脾气的一面。他们不注重一千一万，而注意一毫一厘；他们觉得这一毫一厘便是那一千一万的具体而微——只要将这一毫一厘看得透彻，正和照相的放大一样，其余也可想见了。他们所以于每事每物，必要拆开来看，拆穿来看；无论锱铢之别，淄渑之辨，总要看出而后已，正如显微镜一样。这样可以辨出许多新异的滋味，乃是他们独得的秘密！总之，他们对于怎样微渺的事物，都觉吃惊；而常人则熟视无睹！故他们是常人而又有以异乎常人。这两种人——孙先生，画家，若容我用中国画来比，我将说前者是"泼笔"，后者是"工笔"。孙先生自己是"工笔"，是后一种人。他的朋友号他为"细磨细琢的春台"，真不错，他的全部都在这儿了！他纪念他的姑母和父亲，他说他们以细磨细琢的功夫传授给他，然而他远不如他们了。从他的父亲那里，他"知道一句话中，除字面上的意思之外，还有别的话在这里边，只听字面，还远不能听懂说话音的意思哩"[b]。这本书的长处，也就在"别的话"这一点；乍看岂不是淡淡的？缓缓咀嚼一番，便会有浓密的滋味从口角流出！你若看过瀼瀼的朝露，皱皱的水波，茫茫的冷月，薄薄的女衫，你若吃过上好的皮丝，鲜嫩的毛笋，新制的龙井茶：你一定懂得我的话。

  我最觉得有味的是孙先生的机智。孙先生收藏的本领真好！

---

a 系我们的土话。

b 原书171页。

他收藏着怎样多的虽微末却珍异的材料，就如慈母收藏果饵一样；偶然拈出一两件来，令人惊异他的富有！其实东西本不稀奇，经他一收拾，便觉不凡了。他于人们忽略的地方，加倍地描写，使你于平常身历之境，也会有惊异之感。他的选择的功夫又高明；那分析的描写与精彩的对话，足以显出他敏锐的观察力。所以他的书既富于自己的个性，一面也富于他人的个性，无怪乎他自己也会觉得他的富有了。他的分析的描写含有论理的美，就是精严与圆密；像一个扎缚停当的少年武士，英姿飒爽而又妩媚可人！又像医生用的小解剖刀，银光一闪，骨肉判然！你或者觉得太琐屑了，太腻烦了；但这不是腻烦和琐屑，这乃是悠闲（Idle）。悠闲也是人生的一面，其必要正和不悠闲一样！他的对话的精彩，也正在悠闲这一面！这才真是 Loisieux 村人的话，因为真的乡村生活是悠闲的。他在这些对话中，介绍我们面晤一个个活泼泼的 Loisieux 村人！总之，我们读这本书，往往能由几个字或一句话里，窥见事的全部，人的全性；这便是我所谓"孙先生的机智"了。孙先生是画家。他从前有过一篇游记，以"画"名文，题为《赴法途中漫画》[a]；篇首有说明，深以作文不能如作画为恨。其实他只是自谦；他的文几乎全是画，他的作文便是以文字作画！他叙事，抒情，写景，固然是画；就是说理，也还是画。人家说"诗中有画"，孙先生是文中有画；不但文中有画，画中还有诗，诗中还有哲学。

　　我说过孙先生的画工，现在再来说他的诗意——画本是"无声诗"呀。他这本书是写民间乐趣的；但他有些什么乐趣呢？采葡萄的落后是一；画风柳，纸为风吹，画瀑布，纸为水溅是二；与绿的蚱蜢，黑的蚂蚁等"合画"是三。这些是他已经说出的，

---

[a] 曾载《晨报副刊》及《新潮》。

但重要的是那未经说出的"别的话";他爱村人的性格,那纯朴,温厚,乐天,勤劳的性格。他们"反直不想与人相打";他们不畏缩,不鄙夷,爱人而又自私,藏匿而又坦白;他们只是做工,只是太做工,"真的不要自己的性命!"[a]——非为衣食,也非不为衣食,只是浑然的一种趣味。这些正都是他们健全的地方!你或者要笑他们没有理想,如书中 R 君夫妇之笑他们雇来的工人[b];但"没有理想"的可笑,不见得比"有理想"的可笑更甚——在现在的我们,"原始的"与"文化的"实觉得一般可爱。而这也并非全为了对比的趣味,"原始的"实是更近于我们所常读的诗,实是"别有系人心处"!譬如我读这本书,就常常觉得是在读面熟得很的诗!"村人的性格"还有一个"联号",便是"自然的风物"。孙先生是画家,他之爱自然的风物,是不用说的;而自然的风物便是自然的诗,也似乎不用说的。孙先生是画家,他更爱自然的动象,说也是一种社会的变幻。他爱风吹不绝的柳树,他爱水珠飞溅的瀑布,他爱绿的蚱蜢,黑的蚂蚁,赭褐的六足四翼不曾相识的东西;它们虽怎样地困苦他,但却是活的画,生命的诗!——在人们里,他最爱老年人和小孩子。他敬爱辛苦一生至今扶杖也不能行了的老年人,他更羡慕见火车而抖的小孩子[c]。是的,老年人如已熟的果树,满垂着沉沉的果实,任你去摘了吃;你只要眼睛亮,手法好,必能果腹而回!小孩子则如刚打朵儿的花,蕴藏着无穷的允许:这其间有红的,绿的,有浓的,淡的,有小的,大的,有单瓣的,重瓣的,有香的,有不香的,有努力开花的,有努力结实的——结女人脸的苹果,黄金的梨子,珠子般的红樱桃,璎珞般的紫葡萄……

---

[a] 原书 124 页。
[b] 原书 128 页。
[c] 原书 253 页。

而小姑娘尤为可爱！——读了这本书的，谁不爱那叫喊尖利的"啊"的小姑娘呢？其实胸怀润朗的人，什么于他都是朋友：他觉得一切东西里都有些意思，在习俗的衣裳底下，躲藏着新鲜的身体。凭着这点意思去发展自己的生活，便是诗的生活。"孙先生的诗意"，也便在这儿。

在这种生活的河里伏流着的，便是孙先生的哲学了。他是个含忍与自制的人，是个中和（Moderate）的人；他不能脱离自己，同时却也理会他人。他要"尽量的理会他人的苦乐，——或苦中之乐，或乐中之苦，——免得眼睛生在额上的鄙夷他人，或胁肩谄笑的阿谀他人"[a]。因此他论城市与乡村，男子与女子，团体与个人，都能寻出他们各自的长处与短处。但他也非一味宽容的人，像"烂面糊盆"一样；他是不要阶级的，他同情于一切——便是牛也非例外！他说：

> 我们住在宇宙的大乡土中，一切孩儿都在我们的心中；没有一个乡土不是我的乡土，没有一个孩儿不是我的孩儿！（原书六四页。）

这是最大的"宽容"，但是只有一条路的"宽容"——其实已不能叫做"宽容"了。在这"未完的草稿"的世界之中，他虽还免不了疑虑与鄙夷，他虽鄙夷人间的争闹，以为和三个小虫的权利问题一样；[b] 但他到底能从他的"泪珠的镜中照见自己以至于一切大千世界的将来的笑影了"[c]。他相信大生命是有希望的；他

---

[a] 原书 265 页。
[b] 原书 139 页。
[c] 原书 159—160 页。

相信便是那"没有果实，也没有花"的老苹果树，那"只有折断而且曾经枯萎的老干上所生的稀少的枝叶"的老苹果树，"也预备来年开得比以前更繁荣的花，结得更香美的果！"[a] 在他的头脑里，世界是不会陈旧的，因为他能够常常从新做起；他并不长吁短叹，叫着不足，他只尽他的力做就是了。他教中国人不必自馁；[b] 真的，他真是个不自馁的人！他写出这本书是不自馁，他别的生活也必能不自馁的！或者有人说他的思想近乎"圆通"，但他的本意只是"中和"，并无容得下"调和"的余地；他既"从来不会做所谓漂亮及出风头的事"[c]，自然只能这样缓缓地锲而不舍地去开垦他的乐土！这和他的画笔，诗情，同为他的"细磨细琢的功夫"的表现。

书中有孙先生的几幅画。我最爱《在夕阳的抚弄中的湖景》一幅；那是色彩的世界！而本书的装饰与安排，正如湖景之因夕阳抚弄而可爱，也因孙先生抚弄（若我猜得不错）而可爱！在这些里，我们又可以看见"细磨细琢的春台"呢。

1925 年 6 月

---

a 原书 228 页。
b 原书 51—52 页。
c 原书 60 页。

论百读不厌[a]

前些日子参加了一个讨论会，讨论赵树理先生的《李有才板话》。座中一位青年提出了一件事实：他读了这本书觉得好，可是不想重读一遍。大家费了一些时候讨论这件事实。有人表示意见，说不想重读一遍，未必减少这本书的好，未必减少它的价值。但是时间匆促，大家没有达到明确的结论。一方面似乎大家也都没有重读过这本书，并且似乎从没有想到重读它。然而问题不但关于这一本书，而是关于一切文艺作品。为什么一些作品有人"百读不厌"，另一些却有人不想读第二遍呢？是作品的不同吗？是读的人不同吗？如果是作品不同，"百读不厌"是不是作品评价的一个标准呢？这些都值得我们思索一番。

苏东坡有《送章惇秀才失解西归》诗，开头两句是：

旧书不厌百回读，
熟读深思子自知。

"百读不厌"这个成语就出在这里。"旧书"指的是经典，

---
[a] 原载1947年11月15日《文讯》月刊。

所以要"熟读深思"。《三国志·魏志·王肃传·注》：

> 人有从(董遇)学者，遇不肯教，而云"必当先读百遍"，言"读书百遍而意自见"。

经典文字简短，意思深长，要多读，熟读，仔细玩味，才能了解和体会。所谓"意自见"，"子自知"，着重自然而然，这是不能着急的。这诗句原是安慰和勉励那考试失败的章惇秀才的话，劝他回家再去安心读书，说"旧书"不嫌多读，越读越玩味越有意思。固然经典值得"百回读"，但是这里着重的还在那读书的人。简化成"百读不厌"这个成语，却就着重在读的书或作品了。这成语常跟另一成语"爱不释手"配合着，在读的时候"爱不释手"，读过了以后"百读不厌"。这是一种赞词和评语，传统上确乎是一个评价的标准。当然，"百读"只是"重读""多读""屡读"的意思，并不一定一遍接着一遍地读下去。

经典给人知识，教给人怎样做人，其中有许多语言的、历史的、修养的课题，有许多注解，此外还有许多相关的考证，读上百遍，也未必能够处处贯通，教人多读是有道理的。但是后来所谓"百读不厌"，往往不指经典而指一些诗，一些文，以及一些小说；这些作品读起来津津有味，重读，屡读也不腻味，所以说"不厌"；"不厌"不但是"不讨厌"，并且是"不厌倦"。诗文和小说都是文艺作品，这里面也有一些语言和历史的课题，诗文也有些注解和考证；小说方面呢，却直到近代才有人注意这些课题，于是也有了种种考证。但是过去一般读者只注意诗文的注解，不大留心那些课题，对于小说更其如此。他们集中在本文的吟诵或浏览上。这些人吟诵诗文是为了欣赏，甚至于只为了消遣，浏览或阅读小说更只是为了消遣，他们要求的是趣味，是快感。这跟诵读经典不一样。诵读经典是为了知识，为了教训，得认真，严肃，正襟危坐的读，不像读诗文和小说可以马马虎虎的，随随便便的，在床上，在火车轮船上都成。这么着可还能够教人"百读不厌"，那些诗文和小说到底是靠了什么呢？

在笔者看来，诗文主要是靠了声调，小说主要是靠了情节。过去一般读者大概都会吟诵，他们吟诵诗文，从那吟诵的声调或吟诵的音乐得到趣味或快感，意义的关系很少；只要懂得字面儿，全篇的意义弄不清楚也不要紧的。梁启超先生说过李义山的一些诗，虽然不懂得究竟是什么意思，可是读起来还是很有趣味（大意）。这种趣味大概一部分在那些字面儿的影像上，一部分就在那七言律诗的音乐上。字面儿的影像引起人们奇丽的感觉；这种影像所表示的往往是珍奇，华丽的景物，平常人不容易接触到的，所谓"七宝楼台"之类。民间文艺里常常见到的"牙床"等等，也正是这种作用。民间流行的小调以音乐为主，而不注重词句，欣赏也偏重在音乐上，跟吟诵诗文也正相同。感觉的享受似乎是直接的，本能的，即使是字面儿的影像所引起的感觉，也还多少有这种情形，至于小调和吟诵，更显然直接诉诸听觉，难怪容易唤起普遍的趣味和快感。至于意义的欣赏，得靠综合诸感觉的想象力，这个得有长期的教养才成。然而就像教养很深的梁启超先生，有时也还让感觉领着走，足见感觉的力量之大。

小说的"百读不厌"，主要的是靠了故事或情节。人们在儿童时代就爱听故事，尤其爱奇怪的故事。成人也还是爱故事，不过那情节得复杂些。这些故事大概总是神仙、武侠、才子、佳人，经过种种悲欢离合，而以大团圆终场。悲欢离合总得不同寻常，那大团圆才足奇。小说本来起于民间，起于农民和小市民之间。

在封建社会里，农民和小市民是受着重重压迫的，他们没有多少自由，却有做白日梦的自由。他们寄托他们的希望于超现实的神仙，神仙化的武侠，以及望之若神仙的上层社会的才子佳人；他们希望有朝一日自己会变成了这样的人物。这自然是不能实现的奇迹，可是能够给他们安慰、趣味和快感。他们要大团圆，正因为他们一辈子是难得大团圆的，奇情也正是常情啊。他们同情故事中的人物，"设身处地"的"替古人担忧"，这也因为事奇人奇的原故。过去的小说似乎始终没有完全移交到士大夫的手里。士大夫读小说，只是看闲书，就是作小说，也只是游戏文章，总而言之，消遣而已。他们得化装为小市民来欣赏，来写作；在他们看，小说奇于事实，只是一种玩艺儿，所以不能认真、严肃，只是消遣而已。

　　封建社会渐渐垮了，"五四"时代出现了个人，出现了自我，同时成立了新文学。新文学提高了文学的地位；文学也给人知识，也教给人怎样做人，不是做别人的，而是做自己的人。可是这时候写作新文学和阅读新文学的，只是那变了质的下降的士和那变了质的上升的农民和小市民混合成的知识阶级，别的人是不愿来或不能来参加的。而新文学跟过去的诗文和小说不同之处，就在它是认真的负着使命。早期的反封建也罢，后来的反帝国主义也罢，写实的也罢，浪漫的和感伤的也罢，文学作品总是一本正经的在表现着并且批评着生活。这么着文学扬弃了消遣的气氛，回到了严肃——古代贵族的文学如《诗经》，倒本来是严肃的。这负着严肃的使命的文学，自然不再注重"传奇"，不再注重趣味和快感，读起来也得正襟危坐，跟读经典差不多，不能再那么马马虎虎，随随便便的。但是究竟是形象化的，诉诸情感的，跟经典以冰冷的抽象的理智的教训为主不同，又是现代的白话，没有那些语言的和历史的问题，所以还能够吸引许多读者自动去读。不过教人"百读不厌"甚至教人想去重读一遍的作用，的确是很少了。

新诗或白话诗，和白话文，都脱离了那多多少少带着人工的、音乐的声调，而用着接近说话的声调。喜欢古诗、律诗和骈文、古文的失望了，他们尤其反对这不能吟诵的白话新诗；因为诗出于歌，一直不曾跟音乐完全分家，他们是不愿扬弃这个传统的。然而诗终于转到意义中心的阶段了。古代的音乐是一种说话，所谓"乐语"，后来的音乐独立发展，变成"好听"为主了。现在的诗既负上自觉的使命，它得说出人人心中所欲言而不能言的，自然就不注重音乐而注重意义了。——一方面音乐大概也在渐渐注重意义，回到说话罢？——字面儿的影像还是用得着，不过一般地看起来，影像本身，不论是鲜明的，朦胧的，可以独立的诉诸感觉的，是不够吸引人了；影像如果必需得用，就要配合全诗的各部分完成那中心的意义，说出那要说的话。在这动乱时代，人们着急要说话，因为要说的话实在太多。小说也不注重故事或情节了，它的使命比诗更见分明。它可以不靠描写，只靠对话，说出所要说的。这里面神仙、武侠、才子、佳人，都不大出现了，偶然出现，也得打扮成平常人；是的，这时候的小说的人物，主要的是些平常人了，这是平民世纪啊。至于文，长篇议论文发展了工具性，让人们更如意地也更精密地说出他们的话，但是这已经成为诉诸理性的了。诉诸情感的是那发展在后的小品散文，就是那标榜"生活的艺术"，抒写"身边琐事"的。这倒是回到趣味中心，企图着教人"百读不厌"的，确乎也风行过一时。然而时代太紧张了，不容许人们那么悠闲；大家嫌小品文近乎所谓"软性"，丢下了它去找那"硬性"的东西。

文艺作品的读者变了质了，作品本身也变了质了，意义和使命压下了趣味，认识和行动压下了快感。这也许就是所谓"硬"的解释。"硬性"的作品得一本正经地读，自然就不容易让人"爱不释手"，"百读不厌"。于是"百读不厌"就不成其为评价的标准了，至少不成其为主要的标准了。但是文艺是欣赏的对象，它究竟是形象化的，诉诸情感的，怎么"硬"也不能"硬"到和论文或公式一样。诗虽然不必再讲那带几分机械性的声调，却不能不讲节奏，说话不也有轻重高低快慢吗？节奏合式，才能集中，才能够高度集中。文也有文的节奏，配合着意义使意义集中。小说是不注重故事或情节了，但也总得有些契机来表现生活和批评它；这些契机得费心思去选择和配合，才能够将那要说的话，要传达的意义，完整地说出来，传达出来。集中了的完整了的意义，才见出情感，才让人乐意接受，"欣赏"就是"乐意接受"的意思。能够这样让人欣赏的作品是好的，是否"百读不厌"，可以不论。在这种情形之下，笔者同意：《李有才板话》即使没有人想重读一遍，也不减少它的价值，它的好。

　　但是在我们的现代文艺里，让人"百读不厌"的作品也有的。例如鲁迅先生的《阿Q正传》，茅盾先生的《幻灭》《动摇》《追求》三部曲，笔者都读过不止一回，想来读过不止一回的人该不少罢。在笔者本人，大概是《阿Q正传》里的幽默和三部曲里的几个女性吸引住了我。这几个作品的好已经定论，它们的意义和使命大家也都熟悉，这里说的只是它们让笔者"百读不厌"的因素。《阿Q正传》主要的作用不在幽默，那三部曲的主要作用也不在铸造几个女性，但是这些却可能产生让人"百读不厌"的趣味。这种趣味虽然不是必要的，却也可以增加作品的力量。不过这里的幽默决不是油滑的，无聊的，也决不是为幽默而幽默，而女性也决不就是色情，这个界限是得弄清楚的。抗战期中，文艺作品尤其是小说的读众大大的增加了。增加的多半是小市民的读者，他们要求消遣，要求趣味和快感。扩大了的读众，有着这样的要求也是很自然的。长篇小说的流行就是这个要求的反应，因为篇幅长，故事就长，情节就多，趣味也就丰富了。这可以促进长篇小说的发展，倒是很好的。可是有些作者却因为这样的要求，忘记了自己的边界，放纵到色情上，以及粗劣的笑料上，去吸引读众，这只是迎合低级趣味。而读者贪读这一类低级的软性的作品，也只是沉溺，说不上"百读不厌"。"百读不厌"究竟是个赞词或评语，虽然以趣味为主，总要是纯正的趣味才说得上的。

1947 年 10 月 10 日

论青年读书风气

《大公报》图书副刊的编者在"卷头语"里慨叹近二十几年来中国书籍出版之少。这是不错的。但是他只就量说，没说到质上去。一般人所感到的怕倒是近些年来书籍出版之滥；有鉴别力的自然知所去取，苦的是寻常的大学生中学生，他们往往是并蓄兼收的。文史方面的书似乎更滥些；一个人只要能读一点古文，能读一点外国文（英文或日文），能写一点白话文，几乎就有资格写这一类书，而且很快的写成。这样写成的书当然不能太长，太详尽，所以左一本右一本总是这些"概论""大纲""小史"，看起来倒也热热闹闹的。

供给由于需要；这个需要大约起于"五四"运动之后。那时青年开始发现自我，急求扩而充之，野心不小。他们求知识像狂病；无论介绍西洋文学哲学的历史及理论，或者整理国故，都是新文化，都不迟疑地一口吞下去。他们起初拼命读杂志，后来觉得杂志太零碎，要求系统的东西；"概论"等等便渐渐地应运而生。杨荫深先生《编辑＜中国文学大纲＞的意见》（见《先秦文学大纲》）里说得最明白：

在这样浩繁的文学书籍之中，试问我们是不是全部都去研究它，如果我们是个欢喜研究中国文学的话。那自然是不可能的,从时间上,与经济上,我们都不可能的。然而在另一方面说来,我们终究非把它全部研究一下不可,因为非如此,不足以满我们的欲望。于是其中便有聪明人出来了,他们用了简要的方法,把全部的中国文学做了一个简要的叙述,这通常便是所谓"文学史"。(杨先生说这种文学史往往是"点鬼簿",他自己的书要"把中国文学稍详细的叙述,而成有一个系统与一个次序"。)

青年系统的趣味与有限的经济时间使他们只愿意只能够读这类"架子书"。说是架子书,因为这种书至多只是搭着的一副空架子,而且十有九是歪曲的架子。青年有了这副架子,除知识欲满足以外,还可以靠在这架子上作文,演说,教书。这便成了求学谋生的一条捷径。有人说从前读书人只知道一本一本念古书,常苦于没有系统;现在的青年系统却又太多,所有的精力都花在系统上,系统以外便没有别的。但这些架子是不能支持长久的;没有东西填进去,晃晃荡荡的,总有一天会倒下来。

从前人著述,非常谨慎。有许多大学者终生不敢著书,只写点札记就算了。印书不易,版权也不能卖钱。自然是一部分的原因;但他们学问的良心关系最大。他们穷年累月孜孜兀兀地干下去,知道得越多,胆子便越小,决不愿拾人牙慧,决不愿蹈空立说。他们也许有矫枉过正的地方,但这种认真的精神值得我们学习。现在我们印书方便了,版权也能卖钱了,出书不能像旧时代那样谨严,怕倒是势所必至;但像近些年来这样滥,总不是正当的发展。早先坊间也有"大全""指南"一类书,印行全为赚钱;但通常不将这些书看作正经玩意儿,所以流弊还少,现在的"概论""大纲""小史"等等,却被青年当作学问的宝库,以为有了这些就可以上下古今，毫无窒碍。这个流弊就大了，他们将永不知道学问为何物。曾听见某先生说，一个学生学了"哲学概论"，一定学不好哲学。他指的还是大学里一年的课程；至于坊间的薄薄的哲学概论书，自然更不在话下。平心而论，就一般人看，学一个概论的课程，未尝无益；就是读一本像样的概论书，也有些好处。但现在坊间却未必有这种像样的东西。

说"概论""大纲""小史"，取其便于标举；有些虽用这类名字却不是这类书，也有些确不用这类名字而却是这类书——如某某研究，某某小丛书之类。这种书大概篇幅少，取其价廉，容易看毕；可是系统全，各方面都说到一点儿，看完了仿佛什么都知道。编这种书只消抄录与排比两种功夫，所以略有文字训练的人都能动手。抄录与排比也有几等几样，这里所要的是最简便最快当的办法。譬如编《全唐诗研究》罢，不必去看《全唐诗》，更不必看全唐文，唐代其他著述，以及唐以前的诗，只要找几本中国文学史，加上几种有评注的选本，抄抄编编，改头换面，好歹成一个系统（其实只是条理）就行了。若要表现时代精神，还可以随便检几句流行的评论插进去。这种转了好几道手的玩意，好像搀了好几道水的酒，淡而无味，自不用说；最坏的是让读者既得不着实在的东西，又失去了接近原著的机会，还养成求近功抄小路的脾气。再加上编者照例的匆忙，事实，年代，书名，篇名，句读，字，免不了这儿颠倒那儿错，那是更误人了。其实，"概论""大纲""小史"也可以做得好。一是自己有心得，有主张，在大著作之前或之后，写出来的小书；二是融会贯通，博观约取的著作；虽无创见，却能要言不繁，节省一般读者的精力。这两种可都得让学有专长的人做去，而且并非仓促可成。

1934 年 1 月 29 日

什么是文学

什么是文学？大家愿意知道，大家愿意回答，答案很多，却都不能成为定论。也许根本就不会有定论，因为文学的定义得根据文学作品，而作品是随时代演变，随时代堆积的。因演变而质有不同，因堆积而量有不同，这种种不同都影响到什么是文学这一问题上。比方我们说文学是抒情的，但是像宋代说理的诗，十八世纪英国说理的诗，似乎也不得不算是文学。又如我们说文学是文学，跟别的文章不一样，然而就像在中国的传统里，经史子集都可以算是文学。经史子集堆积得那么多，文士们都钻在里面生活，我们不得不认这些为文学。当然，集部的文学性也许更大些。现在除经史子集外，我们又认为元明以来的小说戏剧是文学。这固然受了西方的文学意念的影响，但是作品的堆积也多少在逼迫着我们给它们地位。明白了这种情形，就知道什么是文学这问题大概不会有什么定论，得看作品看时代说话。

新文学运动初期，运动的领导人胡适之先生曾答复别人的问，写了短短的一篇《什么是文学》。这不是他用力的文章，说的也很简单，一向不曾引起多少注意。他说文字的作用不外达意表情，达意达得好，表情表得妙就是文学。他说文学有三种性：一是懂得性，就是要明白。二是逼人性，要动人。三是美，上面两种性联合起来就是美。这里并不特别强调文学的表情作用；却将达意和表情并列，将文学看作和一般文章一样，文学只是"好"的文章、"妙"的文章、"美"的文章罢了。而所谓"美"就是明白与动人，所谓三种性其实只是两种性。"明白"大概是条理清楚，不故意卖关子；"动人"大概就是胡先生在《谈新诗》里说的"具体的写法"。当时大家写作固然用了白话，可是都求其曲，求其含蓄。他们注重求暗示，觉得太明白了没有余味。至于"具体的写法"，大家倒是同意的。只是在《什么是文学？》这一篇里，"逼人""动人"等语究竟太泛了，不像《谈新诗》里说的"具体的写法"那么"具体"，所以还是不能引人注意。

再说当时注重文学的型类，强调白话诗和小说的地位。白话新诗在传统里没有地位，小说在传统里也只占到很低的地位。这儿需要斗争，需要和只重古近体诗与骈散文的传统斗争。这是工商业发展之下新兴的知识分子跟农业的封建社会的士人的斗争，也可以说是民主的斗争。胡先生的不分型类的文学观，在当时看来不免历史癖太重，不免笼统，而不能鲜明自己的旗帜，因此注意他这一篇短文的也就少。文学型类的发展从新诗和小说到了散文——就是所谓美的散文，又叫做小品文的。虽然这种小品文以抒情为主，是外来的影响，但是跟传统的骈散文的一部分却有接近之处。而文学包括这种小说以外的散文在内，也就跟传统的文的意念包括骈散文的有了接近之处。小品文之后有杂文。杂文可以说是继承"随感录"的，但从它的短小的篇幅看，也可以说是小品文的演变。小品散文因应时代的需要从抒情转到批评和说明上，但一般还认为是文学，和长篇议论文说明文不一样。这种文学观就更跟那传统的文的意念接近了。而胡先生说的什么是文学也就值得我们注意了。

传统的文的意念也经过几番演变。南朝所谓"文笔"的文,以有韵的诗赋为主,加上些典故用得好,比喻用得妙的文章;昭明《文选》里就选的是这些。这种文多少带着诗的成分,到这时可以说是诗的时代。宋以来所谓"诗文"的文,却以散文就是所谓古文为主,而将骈文和辞赋附在其中。这可以说是到了散文时代。现代中国文学的发展,虽只短短的三十年,却似乎也是从诗的时代走到了散文时代。初期的文学意念近于南朝的文的意念,而与当时还在流行的传统的文的意念,就是古文的文的意念,大不相同。但是到了现在,小说和杂文似乎占了文坛的首位,这些都是散文,这正是散文时代。特别是杂文的发展,使我们的文学意念近于宋以来的古文家而远于南朝。胡先生的文学意念,我们现在大概可以同意了。

英国德来登早就有知的文学和力的文学的分别,似乎是日本人根据了他的说法而仿造了"纯文学"和"杂文学"的名目。好像胡先生在什么文章里不赞成这种不必要的分目。但这种分类虽然好像将表情和达意分而为二,却也有方便处。比方我们说现在杂文学是在和纯文学争着发展。这就可以见出这时代文学的又一面。杂文固然是杂文学,其他如报纸上的通讯,特写,现在也多数用语体而带有文学意味了,书信有些也如此。甚至宣言,有些也注重文学意味了。这种情形一方面见出一般人要求着文学意味,一方面又意味着文学在报章化。清末古文报章化而有了"新文体",达成了开通民智的使命。现代文学的报章化,该是德先生和赛先生的吹鼓手罢。这里的文学意味就是"好",就是"妙",也就是"美";却决不是卖关子,而正是胡先生说的"明白""动人"。报章化要的是来去分明,不躲躲闪闪的。杂文和小品文的不同处就在它的明快,不大绕弯儿,甚至简直不绕弯儿。具体倒不一定。

叙事写景要具体，不错。说理呢，举例子固然要得，但是要言不烦，或简截了当也就是干脆，也能够动人。使人威固然是动人，使人信也未尝不是动人。不过这样解释着胡先生的用语，他也许未必同意罢？

1946 年

短长书[a]

　　书业的朋友谈起好销的书，总说翻译的长篇小说第一，创作的长篇小说第二；短篇小说和散文，似乎顾主很少，加上戏剧也重多幕剧，诗也提倡长诗（虽然诗的销路并不佳），都可见近年读书的风气。这些都只是文学书。这两三年出版的书，文学书占第一位，已有人讨论（见《大公报》）；文学书里，读者偏爱长篇小说，翻译的和创作的，这一层好像还少有人讨论。本文想略述鄙见。

　　有人说这是因为钱多，有人说这是因为书少。钱多，购买力强，买得起大部头的书；而买这些书的并不一定去读，他们也许只为了装饰，就像从前人买《二十四史》陈列在书架上一样。书少，短篇一读即尽，不过瘾，不如长篇可以消磨时日。这两种解释都有几分真理，但显然不充分，何以都只愿花在长篇小说上？再说买这类书的多半是青年，也有些中年。他们还在就学或服务，一般的没有定居；在那一间半间的屋子里还能发生装饰或炫耀的兴趣的，大概不太多。他们买这类书，大概是为了读。至于书少，诚然。但也不一定因此就专爱读起长篇小说来，况且短篇集也可

---

[a] 本文出自朱自清《语文零拾》，具体写作时间不详。

以很长，也可以消磨时日。为什么却少人过问呢？

　　主要的原因怕是喜欢故事。故事没有理论的艰深，也不会惹起麻烦，却有趣味，长篇故事里悲欢离合，层折错综，更容易引起浓厚的趣味，这种对于趣味的要求，其实是一种消遣心理。至于翻译的长篇故事更受欢迎，恐怕多少是电影的影响。电影普遍对于男女青年的影响有多大，一般人都觉得出；现在青年的步法、歌声，以至于趣味和思想，或多或少都在电影化。抗战以来看电影的更是满坑满谷，这就普遍化了故事的趣味（话剧的发达，也和电影有关，这里不能详论）。我们这个民族本不注重说故事，第一次从印度学习，就是从翻译的佛典学习（闻一多先生说）；现在是从西洋学习。学生暂时自然还赶不上老师，所以一般读者喜爱翻译的长篇小说，更甚于创作者。当然，现在的译笔注重流畅而不注重风格，使读者不致劳苦，而现在的一般读者从电影的对话里也渐渐习惯了西洋人怎样造句和措辞，才能达到这地步。

　　现在中国文学里，小说最为发达，进步最快，原已暗示读者对于故事的爱好。但这个倾向直到近年来读者群的扩大才显明可见。读者群的扩大，指的是学生之外加上了青年和中年的公务人员和商人。这些人在小学或中学时代的读物里接触了现代中国文学，所以会有这种爱好。读者群的扩大不免暂时降低文学的标准，减少严肃性而增加消遣作用。现代中国文学开始的时候，强调严肃性，指斥消遣态度，这是对的。当时注重短篇小说，后来注重小品散文，多少也是为了训练读者吟味那严肃的意义，欣赏那经济的技巧。这些是文学的基本条件。但将欣赏和消遣分作两橛，使文学的读者老得正襟危坐着，也未免苦点儿。长篇小说的流行，却让一般读者只去欣赏故事或情节，忽略意义和技巧，而得到娱乐；娱乐就是消遣作用，但这不足忧，普及与提高本相因依。普及之后尽可渐渐提高，趣味跟知识都是可以进步的。况且现在中国文学原只占据了偏小的一角，普及起来才能与公众生活密切联系，才能有坚实的基础，取旧的传统文学和民间文学而代之。

文学不妨见仁见智，完美的作品尽可以让严肃的看成严肃，消遣的看成消遣，而无害于它的本来的价值。这本来的价值却不但得靠严肃的研究，并且得靠消遣的研究，才能抉发出来。这是书评家和批评家的职责，而所谓书评和批评包括介绍而言，我们现时缺乏书评（有些只是戏台里喝彩，只是广告，不能算数），更缺乏完美的公正的批评。前者跟着战区的恢复，出版的增进，应该就可以发达起来，后者似乎还需较长时期的学习与培养。有了好的书评家和批评家，才能提高读者群的趣味，促进文学平衡的发展；那时不论短长书，该都有能欣赏的公众。但就现阶段而论，前文所说的倾向却是必然的，并且也是健康的。

古文学的欣赏[a]

新文学运动开始的时候，胡适之先生宣布"古文"是"死文学"，给它撞丧钟，发讣闻。所谓"古文"，包括正宗的古文学。他是教人不必再做古文，却显然没有教人不必阅读和欣赏古文学。可是那时提倡新文化运动的人如吴稚晖、钱玄同两位先生，却教人将线装书丢在茅厕里。后来有过一回"骸骨的迷恋"的讨论也是反对做旧诗，不是反对读旧诗。但是两回反对读经运动却是反对"读"的。反对读经，其实是反对礼教，反对封建思想；因为主张读经的人是主张传道给青年人，而他们心目中的道大概不离乎礼教，不离乎封建思想。强迫中小学生读经没有成为事实，却改了选读古书，为的了解"固有文化"。为了解固有文化而选读古书，似乎是国民分内的事，所以大家没有说话。可是后来有了"本位文化"论，引起许多人的反感；本位文化论跟早年的保存国粹论同而不同，这不是残余的而是新兴的反动势力。这激起许多人，特别是青年人，反对读古书。

可是另一方面，在本位文化论之前有过一段关于"文学遗产"的讨论。讨论的主旨是如何接受文学遗产，倒不是扬弃它；自然，

---

[a] 本文出自江苏教育出版社1988年8月版《朱自清集》，具体写作时间不详。

讨论到"如何"接受，也不免有所分别扬弃的。讨论似乎没有多少具体的结果，但是"批判的接受"这个广泛的原则，大家好像都承认。接着还有一回范围较小，性质相近的讨论。那是关于《庄子》和《文选》的。说《庄子》和《文选》的词汇可以帮助语体文的写作，的确有些不切实际。接受文学遗产若从"做"的一面看，似乎只有写作的态度可以直接供我们参考，至于篇章字句，文言语体各有标准，我们尽可以比较研究，却不能直接学习。因此许多大中学生厌弃教本里的文言，认为无益于写作；他们反对读古书，这也是主要的原因之一。但是流行的作文法，修辞学，文学概论这些书，举例说明，往往古今中外兼容并包；青年人对这些书里的"古文今解"倒是津津有味地读着，并不厌弃似的。从这里可以看出青年人虽然不愿信古，不愿学古，可是给予适当的帮助，他们却愿意也能够欣赏古文学，这也就是接受文学遗产了。

　　说到古今中外，我们自然想到翻译的外国文学。从新文学运动以来，语体翻译的外国作品数目不少，其中近代作品占多数；这几年更集中于现代作品，尤其是苏联的。但是希腊、罗马的古典，也有人译，有人读，直到最近都如此。莎士比亚至少也有两种译本。可见一般读者（自然是青年人多），对外国的古典也在爱好着。可见只要能够让他们接近，他们似乎是愿意接受文学遗产的，不论中外。而事实上外国的古典倒容易接近些。有些青年人以为古书古文学里的生活跟现代隔得太远，远得渺渺茫茫的，所以他们不能也不愿接受那些。但是外国古典该隔得更远了，怎么事实上倒反容易接受些呢？我想从头来说起，古人所谓"人情不相远"是有道理的。尽管社会组织不一样，尽管意识形态不一样，人情总还有不相远的地方。喜怒哀乐爱恶欲总还是喜怒哀乐爱恶欲，虽然对象不尽同，表现也不尽同。对象和表现的不同，由于风俗习惯的不同；风俗习惯的不同，由于地理环境和社会组织的不同。使我们跟古代跟外国隔得远的，就是这种种风俗习惯；而使我们跟古文学跟外国文学隔得远的尤其是可以算做风俗习惯的一环的语言文字。语体翻译的外国文学打通了这一关，所以倒比古文学容易接受些。

人情或人性不相远，而历史是连续的，这才说得上接受古文学。但是这是现代，我们有我们的立场。得弄清楚自己的立场，再弄清楚古文学的立场，所谓"知己知彼"，然后才能分别出那些是该扬弃的，那些是该保留的。弄清楚立场就是清算，也就是批判；"批判的接受"就是一面接受着，一面批判着。自己有立场，却并不妨碍了解或认识古文学，因为一面可以设身处地为古人着想，一面还是可以回到自己立场上批判的。这"设身处地"是欣赏的重要的关键，也就是所谓"感情移入"。个人生活在群体中，多少能够体会别人，多少能够为别人着想。关心朋友，关心大众，恕道和同情，都由于设身处地为别人着想；甚至"替古人担忧"也由于此。演戏，看戏，一是设身处地地演出，一是设身处地地看人。做人不要做坏人，做戏有时候却得做坏人。看戏恨坏人，有的人竟会丢石子甚至动手去打那戏台上的坏人。打起来确是过了分，然而不能不算是欣赏那坏人做得好，好得叫这种看戏的忘了"我"。这种忘了"我"的人显然没有在批判着。有批判力的就不至如此，他们欣赏着，一面常常回到自己，自己的立场。欣赏跟行动分得开，欣赏有时可以影响行动，有时可以不影响，自己有分寸，做得主，就不至于糊涂了。读了武侠小说就结伴上峨眉山，的确是糊涂。所以培养欣赏力同时得培养批判力；不然，"有毒的"东西就太多了。然而青年人不愿意接受有些古书和古文学，倒不一定是怕那"毒"，他们的第一难关还是语言文字。

打通了语言文字这一关，欣赏古文学的就不会少，虽然不会赶上欣赏现代文学的多。语体翻译的外国古典可以为证。语体的旧小说如《水浒传》、《西游记》、《红楼梦》、《儒林外史》，现在的读者大概比二三十年前要减少了，但是还拥有相当广大的读众。这些人欣赏打虎的武松，焚稿的林黛玉，却一般的未必崇拜武松，尤其未必崇拜林黛玉。他们欣赏武松的勇气和林黛玉的痴情，却嫌武松无知识，林黛玉不健康。欣赏跟崇拜也是分得开的。欣赏是情感的操练，可以增加情感的广度、深度，也可以增加高度。欣赏的对象或古或今，或中或外，影响行动或浅或深，但是那影响总是间接的，直接的影响是在情感上。有些行动固然可以直接影响情感，但是欣赏的机会似乎更容易得到些。要培养情感，欣赏的机会越多越好；就文学而论，古今中外越多能欣赏越好。这其间古文和外国文学都有一道难关，语言文字。外国文学可用语体翻译，古文学的难关该也不难打通的。

我们得承认古文确是"死文字"，死语言，跟现在的语体或白话不是一种语言。这样看，打通这一关也可以用语体翻译。这办法早就有人用过，现代也还有人用着。记得清末有一部《古文析义》，每篇古文后边有一篇白话的解释，其实就是逐句地翻译。那些翻译够清楚的，虽然啰唆些。但是那只是一部不登大雅之堂的启蒙书，不曾引起人们注意。"五四"运动以后，整理国故引起了古书今译。顾颉刚先生的《盘庚篇今译》(见《古史辨》)，最先引起我们的注意。他是要打破古书奥妙的气氛，所以将《尚书》里诘屈聱牙的这《盘庚》三篇用语体译出来，让大家看出那"鬼治主义"的把戏。他的翻译很谨严，也够确切；最难得的，又是三篇简洁明畅的白话散文，独立起来看，也有意思。近来郭沫若先生在《由周代农事诗论到周代社会》一文(见《青铜时代》)里翻译了《诗经》的十篇诗，风雅颂都有。他是用来论周代社会的，译文可也都是明畅的素朴的白话散文诗。此外还有将《诗经》、《楚辞》和《论语》作为文学来今译的，都是有意义的尝试。这种翻译的难处在乎译者的修养；他要能够了解古文学，批判古文学，还要能够照他所了解与批判的译成艺术性的或有风格的白话。

翻译之外，还有讲解，当然也是用白话。讲解是分析原文的意义并加以批判，跟翻译不同的是以原文为主。笔者在《国文月刊》里写的《古诗十九首集释》，叶绍钧先生和笔者合作的《精读指导举隅》(其中也有语体文的讲解)，浦江清先生在《国文月刊》里写的《词的讲解》，都是这种尝试。有些读者嫌讲得太琐碎，有些却愿意细心读下去。还有就是白话注释，更是以读原文为主。这虽然有人试过，如《论语》白话注之类，可只是敷衍旧注，毫无新义，那注文又啰里啰唆的。现在得从头做起，最难的是注文用的白话，现行的语体文里没有这一体，得创作，要简明朴实。选出该注释的词句也不易，有新义更不易。此外还有一条路，可以叫做拟作。谢灵运有《拟魏太子邺中集》，综合的拟写建安诗人，用他们的口气作诗。江淹有《杂拟诗》三十首，也是综合而扼要的分别拟写历代无名的五言诗人，也用他们自己的口气。这是用诗来拟诗。英国麦克士·比罗姆著《圣诞花环》，却以圣诞节为题用散文来综合的扼要地拟写当代各个作家。他写照了各个作家，也写照了自己。我们不妨如法炮制，用白话来尝试。以上四条路都通到古文学的欣赏；我们要接受古代作家文学遗产，就可以从这些路子走近去。

北平诗——《北望集》序

离开北平上六年了，朋友们谈天老爱说到北平这个那个的，可是自个儿总不得闲好好地想北平一回。今天下午读了马君玠先生这本诗集，不由的悠然想起来了。这一下午自己几乎忘了是在什么地方，跟着马先生的诗，朦朦胧胧地好像已经在北平的这儿那儿，过着前些年的日子，那些红墙黄瓦的宫苑带着人到画里去，梦里去。那儿黯淡，幽寂，可是自己融化在那黯淡和幽寂里，仿佛无边无际的大。北平也真大：

> 长城是衣领，围护在苍白的颊边，
> 永定河是一条绣花带子，在它腰际蜿蜒。
>
> （《行军吟》之五）

城圈儿大，可是城圈儿外更大：那圆明园，那颐和园，可不都在城圈儿外？东西长安街够大的。可是那些小胡同也够大的：

> 巷内
> 有卖硬面饽饽的，
> 跟随着一曲胡琴，

踱过熟习的深巷。

(《秋兴》之八)

久住在北平的人便知道这是另一个天地,自己也会融化在里头的。——北平的大尤其在天高气爽的秋季和人踪稀少的深夜;这巷内其实是无边无际的静。马先生和我都曾是清华园的住客,他也带着我到了那儿:

路边的草长得高与人齐,
遮没年年开了又谢的百合花。
屋子里生长着灰绿色的霉,有谁坐在圈椅里度曲,
看帘外的疏雨湿丁香。

(《清华园》)

这一下午,我算是在北平过的;其实是在马先生的诗里过的。

从前也读过马先生一些诗。他能够在日常的小事物上分出层层的光影。头发一般细的心思和暗泉一般涩的节奏带着人穿透事物的外层到深处去,那儿所见所闻都是新鲜而不平常的。他有兴趣向平常的事物里发见那不平常的。这不是颓废,也不是厌倦;说是寂寞倒有点儿,可是这是一个现代人对于寂寞的吟味。他似乎最赏爱秋天,雨天,黄昏与夜,从平淡和幽静里发见甜与香。那带点文言调子的诗行多少引着人离开现实,可是那些诗行还能有足够的弹性钻进现实的里层去。不过这究竟只在人生的一角上,而且我们只看见马先生一个人;诗里倒并不缺乏温暖,不过他到底太寂寞了。

这本集子便不同了,抗战是我们的生死关头,一个敏感的诗

人怎么会不焦虑着呢？这本诗其实大部分是抗战的记录。马先生写着沦陷后的北平；出现在他诗里的有游击队，敌兵，苦难的民众，醉生梦死的汉奸。他写着我们的大后方；出现在他诗里的有英勇的战士，英勇的工人，英勇的民众。而沦陷后的北平是他亲见亲闻的，他更给我们许多生动的细节；《走》那篇长诗里安排的这种细节最多。他这样想网罗全中国和全中国的人到他的诗里去。但他不是个大声疾呼的人，他只能平淡地写出他所见所闻所想的。平淡里有着我们所共有而分担着的苦痛和希望。平淡的语言却不至于将我们压住；让我们有机会想起整套的背景，不死盯在一点一线一面上。北平在他的笔下只是抗战的一张幕；可是这张幕上有些处细描细画；这就勾起了我们一番追忆。可是我还是跟着他的诗回到抗战的大后方来了。大声疾呼，我们现在似乎并不缺乏，缺乏的正是平淡的歌咏；因为我们已经到了该多想想的时候了。马先生现在也该不再那么寂寞了罢？

1943 年

《子恺漫画》[a] 代序

子恺兄：

知道你的漫画将出版，正中下怀，满心欢喜。

你总该记得，有一个黄昏，白马湖上的黄昏，在你那间天花板要压到头上来的，一颗骰子似的客厅里，你和我读着竹久梦二的漫画集。你告诉我那篇序做得有趣，并将其大意译给我听。我对于画，你最明白，彻头彻尾是一条门外汉。但对于漫画，却常常要像煞有介事地点头或摇头；而点头的时候总比摇头的时候多——虽没有统计，我肚里有数。那一天我自然也乱点了一回头。

点头之余，我想起初看到一本漫画，也是日本人画的。里面有一幅，题目似乎是《□□子爵の泪》（上两字已忘记），画着一个微侧的半身像：他严肃的脸上戴着眼镜，有三五颗双钩的泪珠儿，滴滴答答历历落落地从眼睛里掉下来。我同时感到伟大的压迫和轻松的愉悦，一个奇怪的矛盾！梦二的画有一幅——大约就是那画集里的第一幅——也使我有类似的感觉。那幅的题目和内容，我的记性真不争气，已经模糊得很。只记得画幅下方的左角或右角里，并排地画着极粗极肥又极短的一个"！"和一个"？"。

---

a 丰子恺作。

可惜我不记得他们哥儿俩谁站在上风，谁站在下风。我明白（自己要脸）他们俩就是整个儿的人生的谜；同时又觉着像是哪儿常常见着的两个胖孩子。我心眼里又是糖浆，又是姜汁，说不上是什么味儿。无论如何，我总得惊异；涂呀抹的几笔，便造起个小世界，使你又要叹气又要笑。叹气虽是轻轻的，笑虽是微微的，似一把锋利的裁纸刀，戳到喉咙里去，便可要你的命。而且同时要笑又要叹气，真是不当人子，闹着玩儿！

话说远了。现在只问老兄，那一天我和你说什么来着？——你觉得这句话有些儿来势汹汹，不易招架么？不要紧，且看下文——我说："你可和梦二一样，将来也印一本。"你大约不曾说什么；是的，你老是不说什么的。我之说这句话，也并非信口开河，我是真的那么盼望着的。况且那时你的小客厅里，互相垂直的两壁上，早已排满了那小眼睛似的漫画的稿；微风穿过它们间时，几乎可以听出飒飒的声音。我说的话，便更有把握。现在将要出版的《子恺漫画》，他可以证明我不曾说谎话。

你这本集子里的画，我猜想十有八九是我见过的。我在南方和北方与几个朋友空口白嚼的时候，有时也嚼到你的漫画。我们都爱你的漫画有诗意；一幅幅的漫画，就如一首首的小诗——带核儿的小诗。你将诗的世界东一鳞西一爪地揭露出来，我们这就像吃橄榄似的，老觉着那味儿。

《花生米不满足》使我们回到怠懒的儿时，《黄昏》使我们沉入悠然的静默。你到上海后的画，却又不同。你那和平愉悦的诗意，不免要掺上了胡椒末；在你的小小的画幅里，便有了人生的鞭痕。我看了《病车》，叹气比笑更多，正和那天看梦二的画时一样。但是，老兄，真有你的，上海到底不曾太委屈你，瞧你那《买粽子》的劲儿！你的画里也有我不爱的：如那幅《楼上黄昏，马上黄昏》，楼上与马上的实在隔得太近了。你画过的《忆》里的小孩子，他也不赞成。

今晚起了大风。北方的风可不比南方的风，使我心里扰乱；我不再写下去了。

1926 年 11 月 2 日，北平

给《一个兵和他的老婆》的作者
——李健吾先生

我已经念完了《一个兵和他的老婆》的故事。我说，健吾，真有你的！

我说，这个兵够人味儿。他是个粗透了顶的粗人，可是他又是个机灵不过的人。瞧那位店东家两回想揭穿他俩的事儿，他怎们对付来着！还有，他奉了营长的命令，去敲那位章老头儿——就是他的丈人了——去敲他的竹杠的时候，恰巧他亲家说他将女儿玉子窝藏起来了，他俩正闹的不可开交呐。你瞧，他会做的面面儿光；竹杠是敲上了，却不是他丈人章老头儿！张冠李戴，才有趣呐。他有这么多的心眼儿，加上他那个当兵的大胆子，——真想不到——他敢带了逃出来的章玉子，他的老婆，"重入家门"。这么着，他俩才成就了美满的姻缘；不然，后来怎样，只有天知道啦。可是，顶要紧的，他是个有良心的人。要是他在马房里第一回看见他老婆的时候，也像他那三个弟兄的性儿，那可不什么都完啦；压根儿这本书也就甭写啦。所以我说这个兵够人味儿。他有一个健康的身子，还有一颗健康的心。可是，健吾，咱们真有过这么胆儿大，心儿细，性儿好的兵？你相信？不论你怎们回答，我觉的这不是现在真有的人；这是你笔底下造出来的英雄。他没有兵们的坏处,只有他们的好处;不但有他们的好处,还有咱们的——干脆说你的——好处。这么凑合起来,他才是个可爱的人。至于章玉子,他的老婆,那女的多少有点儿古怪。但是她的天真烂漫,也可爱的;做他那样子的人的老婆,她倒也合适。

　　他的说话虽然还不全像一个兵,但是,也够干脆的啦。咱们的作家们,说起话来,老是斯斯文文的,慢声慢气的;有的更是扭扭捏捏,怪声怪气的。至少也得比平常人多绕上几个弯儿。这么着也有这么着的好处,可是你也这一套,我也这一套,叫人腻的慌。像他那么大刀阔斧,砍一下儿是一下儿的,似乎还很少呐。他不多说一句话,也不乱说一句话;句句话从他心坎儿上出来,句句话打在咱们心坎儿上——句句话紧紧地凑合着,不让漏一丝缝儿。好比船上的布篷,灌满了风,到处都急绷绷的。他的话虽说有五段儿,好像是一口气说完了似的;他不许你想你自己的,忘了他的。可是你说他真的着忙?不不!他闲着呐。他老是那么带玩带笑的。你说他真的有什么说什么,像一个没有底儿的布袋?不不!他老忘不了叫你着急,叫你担心,那位店东家两回的吓诈,且甭提,只提"他们头一宵的恩爱"那一段,那女的三回说到嘴边又瞒过了的那句话,你能不纳闷儿?再说,"他老婆重入家门"那一段,先说他带了"一位没有走过世面的弟兄",上他丈人家去。你想的到,这位护兵会变成他的老婆呐?可惜临了儿他那位丈人拐了一个不大圆的弯儿;我不信那个老头儿真会那么着崇拜"先王的礼法"!要让他换个样子,另拐上一个弯儿,就好了。就是这收梢,不大得劲似的。

　　除了这一处,健吾,我敢保这本书没有错儿!

1928 年 12 月 4 日

《老张的哲学》[a] 与《赵子曰》[b]

  《老张的哲学》，为一长篇小说，叙述一班北平闲民的可笑的生活，以一个叫"老张"的故事为主，复以一对青年的恋爱问题穿插之。在故事的本身，已极有味，又加以著者讽刺的情调，轻松的文笔，使本书成为一本现代不可多得之佳作，研究文学者固宜一读，即一般的人们亦宜换换口味，来阅看这本新鲜的作品。
  《赵子曰》这部作品的描写对象是学生的生活。以轻松微妙的文笔，写北平学生生活，写北平公寓生活，非常逼真而动人，把赵子曰等几个人的个性活活的浮现在我们读者的面前。后半部却入于严肃的叙述，不复有前半部的幽默，然文笔是同样的活跃。且其以一个伟大的牺牲者的故事作结，很使我们有无穷的感喟。这部书使我们始而发笑，继而感动，终于悲愤了。（十七年十月《时事新报》。）

  这是商务印书馆的广告。虽然是广告，说得很是切实，可作

---

a 老舍作。
b 老舍作。

两条短评看。从这里知道这两部书的特色是"讽刺的情调"和"轻松的文笔"。

讽刺小说，我们早就有了《儒林外史》，并不是"新鲜"的东西。《儒林外史》的讽刺，"戚而能谐，婉而多讽"（鲁迅《中国小说史略》二十三篇），以"含蓄蕴酿"为贵。后来所谓"谴责小说"，虽出于《儒林外史》，而"辞气浮露，笔无藏锋"，"描写失之张皇，时或伤于溢恶，言违真实，则感人之力顿微"（《中国小说史略》二十八篇）。这是讽刺的艺术的差异。前者本于自然的真实，而以精细的观察与微妙的机智为用。后者是在观察的事实上，加上一层夸饰，使事实失去原来的轮廓。这正和上海游戏场里的"哈哈镜"一样，人在镜中看见扁而短或细而长的自己的影子，满足了好奇心而暂时地愉快了。但只是"暂时的"愉快罢了，不能深深地印入人心坎中。这种讽刺的手法与一般人小说的观念是有联带关系的，从前人读小说只是消遣，作小说只是游戏。"谴责小说"与一切小说一样，都是戏作。所谓"谴责"或讽刺，虽说是本于愤世嫉俗的心情，但就文论文，实在是嘲弄的喜剧味比哀矜的悲剧味多得多。这种小说总是杂集"话柄"；"联缀此等，以成类书"（《中国小说史略》二十八篇）。"话柄"固人人所难免，但一人所行，决无全是"话柄"之理。如李伯元《官场现形记》，只叙此种，仿佛书中人物只有"话柄"而没有别的生活一样，而所叙又加增饰。这样，便将书中人全写成变态的了。《儒林外史》有时也不免如此，但就大体说，文笔较为平实和婉曲，与此固不能并论。小说既系戏作，由《儒林外史》变为"谴责小说"，却也是自然的趋势。至于不涉游戏的严肃的讽刺，直到近来才有；鲁迅先生的《阿Q正传》，可为代表。这部书是类型的描写；沈雁冰先生说得好：中国没有这样"一个"人，但这是一切中国人的"谱"（大意）。

我们大家都分得阿Q的一部分。将阿Q当作"一个"人看，这部书确是夸饰，但将他当作我们国民性的化身看，便只觉亲切可味了。而文笔的严冷隐隐地蕴藏着哀矜的情调，那更是从前的讽刺或谴责小说所没有。这是讽刺的态度的差异。

这两部书里的"讽刺的情调"是属于那一种呢？这不是可以简单回答的。《赵子曰》的广告里称赞作者个性的描写。不错，两部书里各人的个性确很分明。在这一点上，它们是近于《儒林外史》的；因为《官场现形记》和《阿Q正传》等都不描写个性。但两书中所描写的个性，却未必全能"逼真而动人"。从文笔论，与其说近于《儒林外史》，还不如说近于"谴责小说"。即如两位主人公，老张与赵子曰：老舍先生写老张的"钱本位"的哲学，确乎是酣畅淋漓，阐扬尽致；但似乎将"钱本位"这个特点太扩大了些，或说太尽致了些。我们固然觉得"可笑"，但谁也未必信世界上真有这样"可笑"的人。老舍先生或者将老张写成一个"太"聪明的人，但我们想老张若真这样，那就未免"太"傻了；傻得近于疯狂了。如第十五节云：

> 他（老张）只不住的往水里看，小鱼一上一下的把水拨成小圆圈，他总以为有人从城墙上往河里扔铜元，打得河水一圈一圈的。以老张的聪明，自然不久便明白那是小鱼们游戏，虽然，仍屡屡回头望也！

这自然是"钱本位"的描写；是太聪明？是太傻？我想不用我说。至于赵子曰，他的名字便是一个玩笑；你想得出谁曾有这样一个怪名字？世上是有不识不知的人，但大学生的赵子曰不会那样昏聩糊涂，和白痴相去不远，却有些出人意表！其余的角色如《老张的哲学》中的龙树古，蓝小山，《赵子曰》中的周少濂，武端，莫大年，欧阳天风，也都有写得过火的地方。这两部书与"谴责小说"不同的，它们不是杂集话柄而是性格的扩大描写。在这一点上，又有些像《阿Q正传》。但《正传》写的是类型，不妨用扩大的方法；这两部书写的是个性，用这种方法便不适宜。这两部书还有一点可以注意：它们没有一贯的态度。它们都有一个严肃的悲惨的收场，但上文却都有不少的游戏的调子；《赵子曰》更其如此。广告中说"这部书使我们始而发笑，继而感动，终于悲愤了"。"发笑"与"悲愤"这两种情调，足以相消，而不足以相成。这两部书若用一贯的情调或态度写成，我想力量一定大得多。然而有这样严肃的收场，便已异于"谴责小说"而为现代作品了。

两部书中的人物，除《老张的哲学》中的老张，南飞生，蓝小山，《赵子曰》中的欧阳天风外，大都是可爱的。他们各有缺点和优点。只有《赵子曰》中的李景纯，似乎没有什么缺点；正和老张等之没有什么优点一样。李景纯是这两部书中唯一的英雄；他热心苦口，领导着赵子曰去做好人；他忍受欧阳天风的辱骂，不屑与他辩论；他尽心竭力保护王女士，而毫无所求；他"为民间除害"而牺牲了自己。老舍先生写李景纯，始终是严肃的；在这里我们看见作者的理想的光辉。这两部书若可说是描写"钱本位"与人本位的思想的交战的，那么李景纯是后者的代表而老张不用说是前者的代表——欧阳天风也是的。其余的人大抵挣扎于两者之间，如龙树古，武端都是的。在《老张的哲学》里，人本位是无声无臭地失败了。在《赵子曰》里，人本位虽也照常失败，但却留下光荣的影响：莫大年，武端，赵子曰先后受了李景纯的感化，知道怎样努力做人。前书只有绝望，后书却有了希望；这或许与我们的时代有关，书中有好几处说到革命，可为佐证。在这一点上，《赵子曰》的力量，胜过《老张的哲学》。可是书中人物的思想都是很浅薄的；《老张的哲学》里的不用说，便是李景纯，那学哲学的，也不过如此。大约有深一些的思想的人，也插不进这两部书里去罢？至于两书中最写得恰当的人，我以为要算《老张的哲学》里的赵姑父赵姑母。这是一对可爱的老人。如第十三节云：

　　王德、李应买菜回来，姑母一面批评，一面烹调。批评得太过，至于把醋当了酱油，整匙地往烹锅里下。忽然发觉了自己的错误，于是停住批评，坐在小凳上笑得眼泪一个挤着一个往下滴。

　　…………

　　赵姑母不等别人说话，先告诉他丈夫，她把醋当作了酱油。

　　赵姑父听了，也笑得流泪，他把鼻子淹了一大块。

这里写赵姑母的唠叨和龙钟，惟妙惟肖；老夫妇情好之笃，也由此可见。这是一段充满了生活趣味的描写。两书中除李景纯和这一对老夫妇外，其余的人物描写，大抵是不免多少"张皇"的。——这也可以说是不一贯的地方。

这两部书的结构，大体是紧凑的。《老张的哲学》里时间，约莫一年；《赵子曰》里的，只是由冬而夏的三季。时间的短促，有时可以帮助结构。《老张的哲学》里主角颇多，穿插甚难恰到好处；老舍先生布置各节，似乎很苦心。《赵子曰》是顺次的叙述，每章都有主人公在内，自然比较容易。又《赵子曰》共二十七章，除八，九，十三章叙述赵子曰在天津的事以外，别的都以北京为背景；《老张的哲学》却忽而乡，忽而城，错综不一，这又比较难些。《老张的哲学》里没有不关紧要的叙述，《赵子曰》里却有：第二章第四节叙赵子曰加入足球队，实在可有可无；又八，九，十三章，也似乎太详些——主角在北京，天津的情形，不妨少叙些。《老张的哲学》以两个女子为全篇枢纽，她们都出面；《赵子曰》以一个王女士为枢纽，却不出面。虽不出面，但书中人却常常提到她；虽提到她，却总未说破，她是怎样的人。像闷葫芦一样，直到末章才揭开了，由她给李景纯的信里，叙出她的身世。这样达到了"极点"，一切都有了着落。这种布置确比《老张的哲学》巧些。两书结尾都有毛病：《老张的哲学》末尾找补书中未死各人的结局，散漫无归；《赵子曰》末一段赵子曰向莫大年，武端说的话，意思不大明显，不能将全篇收住。又两书中作者现身解释的地方太多，这是"辞气浮露"的一因。而一章或一节的开端，往往有很长的解释或议论，似乎是旧小说开端的滥调，往往很煞风景。又两书描写有类似的地方，似乎也不大好：《老张的哲学》里的孙八常说"多辛苦"一句话，《赵子曰》里的武端也常说"你猜怎么着"，这未免有些单调；为什么每部书里总该有这样一个人？至于"轻松的文笔"，那是不错的。老舍先生的白话没有旧小说白话的熟，可是也不生；只可惜虽"轻松"，却不甚隽妙。可称为隽妙的，除赵姑父赵姑母的描写及其一二处外，便只有写景了；写景是老舍先生的拿手戏，差不多都好。现在举一节我最喜欢的：

那粉团似的蜀菊，衬着嫩绿的叶儿，迎着风儿一阵阵抿着嘴儿笑。那长长的柳条，像美女披散着头发，一条一条的慢慢摆动，把南风都摆动得软了，没有力气了。那高峻的城墙长着歪着脖儿的小树，绿叶底下，青枝上面，藏着那么一朵半朵的小红牵牛花，那娇嫩刚变好的小蜻蜓，也有黄的，也有绿的，从净业湖而后海而什刹海而北海而南海，一路弯着小尾巴在水皮儿上一点一点；好像北京是一首诗，他们在绿波上点着诗的句读。净业湖畔的深绿肥大的蒲子，拔着金黄色的蒲棒儿，迎着风一摇一摇的替浪声击着拍节。什刹海中的嫩荷叶，卷着一些幽情，放开的像给诗人托出一小碟子诗料。北海的渔船在白石栏的下面，或是湖心亭的旁边，和小野鸭们挤来挤去的浮荡着；时时的小野鸭们噗喇噗喇擦着水皮儿飞，好像替渔人的歌唱打着锣鼓似的："五月来呀南风吹"噗喇噗喇，"湖中的鱼儿"噗喇；"嫩又肥"噗喇噗喇。……那白色的塔，蓝色的天，塔与天的中间飞着那么几只灰野鸽：一上一下，一左一右，诗人的心随着小灰鸽飞到天外去了。……（《赵子曰》第十六章第一节。）

这是不多不少的一首诗。

1929 年 2 月

叶圣陶的短篇小说

圣陶谈到他作小说的态度，常喜欢说：我只是如实地写。这是作者的自白，我们应该相信。但他初期的创作，在"如实地"取材与描写之外，确还有些别的，我们称为理想，这种理想有相当的一致，不能逃过细心的读者的眼目。后来经历渐渐多了，思想渐渐结实了，手法也渐渐老练了，这才有真个"如实地写"的作品。仿佛有人说过，法国的写实主义到俄国就变了味，这就是加进了理想的色彩。假使这句话不错，圣陶初期的作风可以说是近于俄国的，而后期可以说是近于法国的。

圣陶的身世和对于文艺的见解，顾颉刚先生在《隔膜》序里说得极详。我所见他的生活，也已具于另一文。这里只须指出他是生长在一个古风的城市——苏州——中的人，后来又在一个乡镇——甪直——里住了四五年，一径是做着小学教师；最后才到中国工商业中心的上海市，做商务印书馆的编辑，直至现在。这二十年来时代的大变动，自然也给他不少的影响；辛亥革命，他在苏州；"五四"运动，他在甪直；"五卅"运动与国民革命，却是他在上海亲见亲闻的。这几行简短的历史，暗示着他思想变迁的轨迹，他小说里所表现的思想变迁的轨迹。

因为是"如实地写"，所以是客观的。他的小说取材于自己及家庭的极少，又不大用第一身，笔锋也不常带情感。但他有他的理想，在人物的对话及作者关于人物或事件的解释里，往往出现，特别在初期的作品中。《不快之感》或《啼声》是两个极端的例子。这是理智的表现。圣陶的静默，是我们朋友里所仅有；他的"爱智"，不是偶然的。

爱与自由的理想是他初期小说的两块基石。这正是新文化运动开始时的思潮；但他能用艺术表现，便较一般人为深入。他从母爱性爱一直写到儿童送一个小蚬回家，真算得博大周详。母爱的力量在牺牲自己；顾颉刚先生最爱读的《潜隐的爱》（见顾先生《火灾》序），是一篇极好的代表。一个孤独的蠢笨的乡下妇人用她全部的心与力，偷偷摸摸去爱一个邻家的孩子。这是透过一层的表现。性爱的理想似乎是夫妇一体，《隔膜》与《未厌集》中两篇《小病》，可以算相当的实例。但这个理想是不容易达到的；有时不免来点儿"说谎的艺术"（看《火灾》中《云翳》篇），有时母爱分了性爱的力量，不免觉得"两样"；夫妇不能一体时，有时更免不了离婚。离婚是近年常有的现象。但圣陶在《双影》里所写的是女的和男的离了婚，另嫁了一个气味相投的人；后来却又舍不得那男的。这是一个怪思想，是对夫妇一体论的嘲笑。圣陶在这问题上，也许终于是个"怀疑派"罢？至于广泛地爱人爱动物，圣陶以为只有孩子们行；成人是只有隔膜与冷酷罢了。《隔膜》，《游泳》（《线下》中），《晨》便写的这一类情形。他又写了些没有爱的人的苦闷，如《归宿》里的青年，《春光不是她的了》里被离弃的妇人，《孤独》里的"老先生"都是的。而《被忘却的》（《火灾》中）里田女士与童女士的同性爱，也正是这种苦闷的另一样写法。

自由的一面是解放，还有一面是尊重个性。圣陶特别着眼在妇女与儿童身上。他写出被压迫的妇女,如农妇,童养媳,歌女,妓女等的悲哀;《隔膜》第一篇《一生》便是写一个农妇的。对于中等家庭的主妇的服从与苦辛,他也有哀矜之意。《春游》(《隔膜》中)里已透露出一些反抗的消息;《两封回信》里说得更是明白:女子不是"笼子里的画眉,花盆里的蕙兰",也不是"超人";她"只是和一切人类平等的一个'人'"。他后来在《未厌集》里还有两篇小说(《遗腹子》,《小妹妹》),写重男轻女的传统对于女子压迫的力量。圣陶做过多年小学教师,他最懂得儿童,也最关心儿童。他以为儿童不是供我们游戏和消遣的,也不是给我们防老的,他们应有他们自己的地位。他们有他们的权利与生活,我们不应嫌恶他们,也不应将他们当作我们的具体而微看。《啼声》(《火灾》中)是用了一个女婴口吻的激烈的抗议;在圣陶的作品中,这是一篇仅见的激昂的文字。但写得好的是《低能儿》,《一课》,《义儿》,《风潮》等篇;前两篇写儿童的爱好自然,后两篇写教师以成人看待儿童,以致有种种的不幸。其中《低能儿》是早经著名的。此外,他还写了些被榨取着的农人,那些都是被田租的重负压得不能喘气的。他憧憬着"艺术的生活",艺术的生活是自由的,发展个性的;而现在我们的生活,却都被揿在些一定的模型或方式里。圣陶极厌恶这些模型或方式;在这些方式之下,他"只觉一个虚幻的自己包围在广大的虚幻里"(见《隔膜》中《不快之感》)。

　　圣陶小说的另一面是理想与现实的冲突。假如上文所举各例大体上可说是理想的正面或负面的单纯表现,这种便是复杂的纠纷的表现。如《祖母的心》(《火灾》中)写亲子之爱与礼教的冲突,结果那一对新人物妥协了;这是现代一个极普遍极葛藤[a]的

---

a 葛藤:比喻事物纠缠不清或话语繁冗。

现象。《平常的故事》里，理想被现实所蚕食，几至一些无余；这正是理想主义者烦闷的表白。《前途》与此篇调子相类，但写的是另一面。《城中》写腐败社会对于一个理想主义者的疑忌与阴谋；而他是还在准备抗争。《校长》与《搭班子》里两个校长正在高高兴兴地计划他们的新事业，却来了旧势力的侵蚀；一个妥协了，一个却似乎准备抗争一下。但《城中》与《搭班子》只说到"准备"而止，以后怎样呢？是成功？失败？还是终于妥协呢？据作品里的空气推测，成功是不会的；《城中》的主人公大概要失败，《搭班子》里的大概会妥协吧？圣陶在这里只指出这种冲突的存在与自然的进展，并没有暗示解决的方法或者出路。到写《桥上》与《抗争》，他似乎才进一步地追求了。《桥上》还不免是个人的"浪漫"的行动，作者没有告诉我们全部的故事；《抗争》却有"集团"的意义，但结果是失败了，那领导者做了祭坛前的牺牲。圣陶所显示给我们的，至此而止。还有《在民间》是冲突的别一式。

圣陶后期作品（大概可以说从《线下》后半部起）的一个重要的特色，便是写实主义手法的完成。别人论这些作品，总侧重在题材方面；他们称赞他的"对于城市小资产阶级的描写"。这是并不错的。圣陶的生活与时代都在变动着，他的眼从村镇转到城市，从儿童与女人转到战争与革命的侧面的一些事件了。他写城市中失业的知识工人（《城中》里的《病夫》）和教师的苦闷；他写战争时"城市的小资产阶级"与一部分村镇人物的利己主义，提心吊胆，琐屑等（如茅盾先生最爱的《潘先生在难中》，及《外国旗》）。他又写战争时兵士的生活（《金耳环》）；又写"白色的恐怖。"（如《夜》，《冥世别》——《大江月刊》三期）和"目前政治的黑暗"（如《某城纪事》）。他还有一篇写"工人阶级的生活"的《夏夜》（《未厌集》）（看钱杏邨先生《叶绍钧的创作的考察》，见《现代中国文学作家》第二卷）。他这样"描写了广阔的世间"；茅盾先生说他作《倪焕之》时才"第一次描写了广阔的世间"，似乎是不对的（看《读〈倪焕之〉》，附录在《倪焕之》后面）。他诚然"长于表现城市小资产阶级"（钱语），但他并不是只长于这一种表现，更不是专表现这一种人物，或侧重于表现这一种人物，即使在他后期的作品里。这时期圣陶的一贯的态度，似乎只是"如实地写"一点；他的取材只是选择他所熟悉的，与一般写实主义者一样，并没有显明的"有意的"目的。他的长篇作品《倪焕之》，茅盾先生论为"有意为之的小说"，我也有同感；但他在《作者自记》里还说："每一个人物，我都用严正的态度如实地写"，这可见他所信守的是什么了。这时期中的作品，大抵都有着充分的客观的冷静（初期作品如《饭》也如此，但不多），文字也越发精炼，写实主义的手法至此才成熟了；《晨》这一篇最可代表，是我所最爱的。——只有《冥世别》是个例外；但正如鲁迅先生写不好《不周山》一样，圣陶是不适于那种表现法的。日本藏原惟人《到新写实主义之路》（林伯脩译）里说写实主义有三种。圣陶的应属于第二种，所谓"小布尔乔亚写实主义"；在这一点上说他是小资产阶级的作家，我可以承认。

我们的短篇小说，"即兴"而成的最多，注意结构的实在没有几个人；鲁迅先生与圣陶便是其中最重要的。他们的作品都很多，但大部分都有谨严而不单调的布局。圣陶的后期作品更胜于初期的。初期里有些别体，《隔膜》自颇紧凑，但《不快之感》及《啼声》，就没有多少精彩；又《晓行》，《旅路的伴侣》两篇（《火灾》中），虽穿插颇费苦心，究竟嫌破碎些（《悲哀的重载》却较好）。这些时候，圣陶爱用抽象观念的比喻，如"失望之渊"，"烦闷之渊"等，在现在看来，似乎有些陈旧或浮浅了。他又爱用骈句，有时使文字失去自然的风味。而各篇中作者出面解释的地方，往往太正经，又太多。如《苦菜》(《隔膜》中）固是第一身的叙述，但后面那一个公式与其说明，也太煞风景了。圣陶写对话似不顶擅长。各篇中对话往往嫌平板，有时说教气太重；这便在后期作品中也不免。圣陶写作最快，但决非不经心；他在《倪焕之》的《自记》里说："斟酌字句的癖习越来越深"，我们可以知道他平日的态度。他最擅长的是结尾，他的作品的结尾，几乎没有一篇不波俏的。他自己曾戏以此自诩；钱杏邨先生也说他的小说，"往往在收束的地方，使人有悠然不尽之感。"

1930年7月，北平清华园

《子夜》[a]

这几年我们的长篇小说，渐渐多起来了；但真能表现时代的只有茅盾的《蚀》和《子夜》。《蚀》写一九二七年的武汉与一九二八年的上海，写的是"青年在革命壮潮中所经过的三个时期"。能利用这种材料的不止茅君一个，可是相当地成功的只有他一个。他笔下是些有血有肉能说能做的人，不是些扁平的人形，模糊的影子。《子夜》写一九三〇年的上海，写的是民族资本主义的发展与崩溃的缩影。与《蚀》都是大规模的分析的描写，范围却小些：只侧重在"工业的金融的上海市"，而经过只有两个多月。不过这回作者观察得更有系统，分析得也更精细；前一本是作者经验了人生而写的，这一本是为了写而去经验人生的，听说他的亲戚颇多在交易所里混的；他自己也去过交易所多次。他这本书是细心研究的结果，并非"写意"的创作。《蚀》包含三个中篇，字数还没有这一本多，便是为此。看小说消遣的人看了也许觉得烦琐，腻味；那是他自己太"写意"了，怨不得作者。"子夜"的意思是"黎明之前"；作者相信一个新时代是要到来的。

这本书有主角，与《蚀》不同。主角是吴荪甫。他曾经游历欧美，

---

[a] 《子夜》为茅盾作品，本文是朱自清为其写的评说。

抱着发展中国民族工业的雄图，是个有作为的人。他在故乡双桥镇办了一个发电厂，打算以此为基础，建筑起一个模范镇；又在上海开了一爿大丝厂。不想双桥镇给"农匪"破坏了，他心血算白费了。丝厂因为竞争不过日本丝和人造丝，渐渐不景气起来，只好在工人身上打主意，扣减她们的工钱。于是酝酿着工潮，劳资的冲突一天天尖锐化。那正是内战大爆发的时候，内地的现银向上海集中。金融界却只晓得做地皮，金子，公债，毫无企业的眼光。荪甫的姊丈杜竹斋便是一个，而且是胆子最小最贪近利的一个。荪甫自然反对这种态度。他和孙吉人、王和甫顶下了益中信托公司，打算大规模地办实业。他们一气兼并了八个制造日用品的小工厂，想将它们扩充起来，让那些新从日本移植到上海来的同部门的厂受到一个致命伤。荪甫有了这种大计划，便觉得双桥镇无用武之地，破坏了也不足深惜了。

但这是个最宜于做公债的年头；战事常常变化，投机家正可上下其手。荪甫本不赞成投机，而为迅速的扩充他们的资本，便也钻到公债里去。这明明是一个矛盾；时势如此，他无法避免。他们的企业的基础，因此便在风雨飘摇之中。这当儿他们的对头赵伯韬来了。他是美国资本家的"掮客"，代理他们来吞并刚在萌芽的民族工业的。那时杜竹斋早拆了信托公司的股；荪甫他们一面做公债，一面办厂，便周转不及；加上内战时货运阻滞，新收的八个厂的出品囤着销不出去。赵伯韬便用经济封锁政策压迫他们的公司，又在公债上与他们斗法。他们两边儿都不仅"在商言商"：荪甫接近那以实现民主政治标榜的政派，正是企业家的本色。赵伯韬是相对峙的一派，也是"掮客"的本色。他们又都代办军火；都做外力与封建军阀间媒介。他们做公债时，所想所行，却也不一定忠实于他们的政派。总之，矛盾非常多。荪甫他们做公债失败了，便压榨那八个厂的工人，但还是维持不下去。荪甫这时候气馁了，他只想顾全那二十万的血本，便投降赵伯韬也行。但孙、王两人不甘心，他们终于将那些厂直接顶给英、日的商人。现在他们用全力做公债了，荪甫将自己的厂和住房都押掉了，和赵伯韬作孤注一掷。他力劝杜竹斋和他们"打公司"；但结果杜竹斋反收了渔翁之利而去。荪甫这一下全完了。他几乎要自杀，后来却决定到庐山歇夏去。

这便是上文所谓"民族资本主义的发展与崩溃的缩影"。若觉得说得这么郑重，有些滑稽，那是因为我们的民族资本主义的进程本来滑稽得可怜。有人说这本书的要点只是公债、工潮。这不错，只要从这两项描写所占的篇幅就知道。但作者为什么这样写？他决不仅要找些新花样，给读者换口味。这其间有一番道理。书中朱吟秋说：

> 从去年以来，上海一埠是现银过剩。银根并不要紧。然而金融界只晓得做公债，做地皮，一千万，两千万，手面阔得很！碰到我们厂家一时周转不来，想去做十万八万的押款呀，那就简直像是要了他们的性命；条件的苛刻，真叫人生气。（四三面。）

这并不是金融界人的善恶的问题而是时势使然。孙吉人说得好：

> 我们这次办厂就坏在时局不太平，然而这样的时局，做公债倒是好机会。（五三四面。）

内战破坏了一切，只增长了赌博或投机的心理。虽像吴荪甫那样有大志有作为的企业家，也到处碰壁，终于还是钻入公债里去。这是我们民族资本主义崩溃的大关键，作者所以写益中公司的八个厂只用侧笔而以全力写公债者，便为的这个。至于写冯云卿等三人作公债而失败，那不过点缀点缀，取其与吴、赵两巨头相映成趣，觉得热闹些。但内战之外，外国资本的压迫也是中国民族工业的致命伤。这一点作者并未忽略；他只用陪笔，如赵伯韬所代理的托辣司，益中公司将八个厂顶给英、日商家，周仲伟将火柴厂顶给日本商家之类。这是作者善于用短，好腾出篇幅来专写他熟悉的那一方面。——民族资本主义在这两重压迫之下，自然会走向崩溃的路上去。

然而工厂主人起初还挣扎着，他们压榨工人。于是劳资关系渐趋尖锐化。这也可以成为促进资本主义崩溃的一个原因。但书中只写厂方如何利用工人，以及黄色工会中人的倾轧。也写工人运动，但他们的力量似乎很薄弱，一次次都失败了，不足以摇动大局。或者有人觉得作者笔下的工人太软弱些，但他也许不愿意铺张扬厉。他在《我们这文坛》一文（《东方杂志》三十卷一号）里说：

我们也唾弃那些，印板式的"新偶像主义"——对于群众行动的盲目而无批评的赞颂与崇拜。

他大约只愿意照眼睛所看的实在情形写；也只有这样才教人相信，才教人细想。书中写吴荪甫的丝厂里一次怠工，一次罢工；怠工从旁面着笔，罢工才从正面着笔。他写吴荪甫的愤怒，工厂管理人屠维岳的阴贼险恶，工会里的暗斗，工人的骚动，共产党的指挥，军警的捕捉，——罢工的各方面的姿态，在他笔底下总算有声有色。接着叙周仲伟火柴厂的工人到他家要求不停工的故事。这是一幕悲喜剧；无论如何，那轻快的进行让读者松一口气，作为一个陪笔是颇巧妙的。

书中以"父与子"的冲突开始，便是封建道德与资本主义的道德的冲突。但作者将吴荪甫的老太爷，写得那么不经事，一到上海，便让上海给气死了，未免干脆得不近情理。再则这第一章的主旨所谓"父与子"的冲突与全书也无甚关涉。揣想作者所以如此开端，大约只是为了结构的方便，接着便可以借着吴太爷的大殓好同时介绍全书各方面的人物。这未免太取巧了些。但如冯云卿利用女儿事，写封建道德的破产，却好。书中有一章专写农民的骚动；写冯云卿的时候，也间接地概括地说到这种情形以及地主威权的动摇。这些都暗示封建农村的势力在崩溃着。但那些封建的军阀在书中还是活跃着的。作者在《我们的文坛》里说将来的文艺该是"批判"的："严密的分析"，"严格的批评"。他自己现在显然已向着这条路走。

吴荪甫的家庭和来往的青年男女客人，也是书中重要的点缀，东一鳞西一爪的。这些人大抵很闲，做诗，做爱，高谈政治经济，唱歌，打牌，甚至练镖，看《太上感应篇》等等，就像天底下一切无事似的。而吴荪甫却老是紧张地出入于几条火线当中。他们真像在两个世界里。作者写这些人，也都各具面目。但太简单了，好像只勾了个轮廓就算了，如吴少奶奶，她的妹妹，四小姐，阿萱，杜学诗，李玉亭等。诗人范博文却形容太甚，仿佛只是一个笑话，杜新箨写得也过火些。至于吴芝生，却又太不清楚。作者在后记里也承认书里有几个小结构，因为夏天他身体不大好，没有充分地发展开去，这实在很可惜。人物写得好的，如吴荪甫，屠维岳的刚强自信，赵伯韬的狠辣，杜竹斋的胆小贪利。可是吴、屠两人写得太英雄气概了,吴尤其如此,因此引起一部分读者对于他们的同情与偏爱,这怕是作者始料所不及罢。而屠维岳,似乎并没有受过新教育的人,向吴荪甫说的话那样欧化,也是不确当的。作者擅长描写女人,但这本书里却没有怎样出色的,大约非意所专注之故。

作者描写农村的本领,也不在描写都市之下。《林家铺子》(收在《春蚕》中),写一个小镇上一家洋广货店的故事,层层剖剥,不漏一点儿,而又委曲入情,真可算得"严密的分析"。私意这是他最佳之作。还有《春蚕》,《秋收》两短篇(均在《春蚕》中),也"分析"得细。我们现代的小说,正该如此取材,才有出路。

《春蚕》[a]

这是茅盾君第二个短篇小说集，共收小说八篇；排列似乎是按性质而不按写作的时日。其中《春蚕》一篇，已经拍成电影。本书最大的贡献，在描写乡村生活。《林家铺子》《春蚕》《秋收》《小巫》四篇都是的。作者在跋里说《林家铺子》是他"描写乡村生活的第一次尝试。"他这种尝试是成功了，只除了《小巫》。《林家铺子》最好；不但在这部书里，在他所有的作品里，也是如此。这篇里写南方乡镇上一家洋广货店的故事。那林老板"是个好人，一点嗜好都没有，做生意很巴结认真"，但"一年一年亏空"，挣扎着，挣扎着，到底倒闭了铺子，自己逃走。原来"内地全靠乡庄生意，乡下人太穷，真是没有法子"。这正是"九一八"以后，"一·二八"前一些日子，上海的经济非常不景气，内地也被波及。乡下人的收获只够孝敬地主们和高利贷的债主们，没有一点一滴剩的。所以虽在过新年的时候，他们也不能买什么东西。加上捐税重，开销大，同业的倾轧，局长党委的敲诈，凭林老板怎样抠心挖胆，剜肉补疮，到底关门大吉，还连累了一个寡妇和一个老婆子。她们丢了存款，如

---

[a] 原载1933年天津《大公报·文学副刊》第287期。

丢了性命一样。这其间写林老板的挣扎，一层层地展开，一层层地逼紧，极为交互错综；他试验了每一条可能的路，但末了只能走上他万分不愿意的那条路。写他矛盾的心理，要现款，亏本卖，生意好他自然乐意，可是也就越心疼，这是一。一面对付外场，一面不愿让老婆和女儿知道真实情形，这是二。这些都写得无孔不入，使人觉得林老板是这样一个可怜人；更可怜的是，他简直"不知道坑害他到这地步的，究竟是谁"。但作者所着眼的却是事，不是人。

《春蚕》《秋收》同一用意而穿插不同。都写"一·二八"以后南方的农村，都以农人"老通宝"为线索。他生平只崇拜财神菩萨与健康的身子。辛苦了四五十年，好容易挣下了一份家当；又有儿，又有孙。可是近年来不成了，他自己田地没了，反欠人三百元的债务，所以一心一意只盼望恢复他家原来样子，凭着运气与力气。他十分相信这两样东西；情愿借了高利贷的钱来"看蚕"，来灌田。结果茧子出得特别多，米的收成也大好。可是茧厂多数不开门，米价也惨跌下去。有东西卖不出钱。"白辛苦了一阵子，还欠债！"原因自然多得很。一般不景气，人造丝与洋米的输入，苛捐杂税等等。可是"老通宝"不会想到这些。春蚕后他大病一场，秋收后他死了。他的大儿子"阿四"与儿媳"四大娘"不像他固执，却也没主见，只随着众人脚跟走。他的二儿子"多多头"倒有些见解，知道单靠勤俭工作是不能"翻身"的。但他也不能想得怎样明白，乡村里不外这三种人，第二种最多。

新文学里的乡村描写，第一个自然是鲁迅君，其次还有王鲁彦君。有《柚子》《黄金》两书。鲁迅君所描写的是封建的农村，里面都是些"老中国的儿女"。王鲁彦君所描写的，据说是西方物质文明侵入后的农村；但他作品中太多过火的话，大概不是观察，是幻想。茅盾所写的却是快给经济的大轮子碾碎了的农村。这种农村因为靠近交通的中枢不能不受外边的影响；它已成为经济连索中的一个小小圈圈儿了。这种村人的性格也多少改变了些，"多多头"那类人，《呐喊》里就还没有。《呐喊》里的乡村比较单纯，这三篇里的便复杂得多。这三篇写得都细密，《林家铺子》已在上文论及。《春蚕》中"看蚕"的经过情形，说来娓娓入情，而且富于地方色彩，使人一新耳目。篇中又多用陪衬之笔，如《林家铺子》中的林大娘林小姐，《春蚕》中的"荷花""六宝"两个女人，《秋收》中的"小宝""黄道士"等。或用以开场，或用以点缀场面，或用以醒脾胃。好处在全文打成一片，不松散，不喧宾夺主。甚至于像《秋收》中"抢米囤"风潮一节，虽然有声有色，却只从侧面写，也并不妨碍全篇的统一。作者颇善用幽默，知道怎样用来调剂严重的形势，而不流于轻薄一路。

　　书中其余五篇都非成功之作。《小巫》像流水账，题名也太晦。《右第二章》叙两件事，不集中。《喜剧》全靠空想，有些不近情理。《光明到来的时候》满是泛泛的讨论。《神的灭亡》太简单，太平静，力量还欠深厚。作者在《跋》里说，他的短篇小说实在有点像缩紧了的中篇——尤其是《林家铺子》。的确，作者的短篇，都嫌规模大，没有那种单纯与紧凑，所谓"最经济的文学手段的"。他的第一个短篇小说集《野蔷薇》也是一样。那本书里只有《创造》与《一个女性》是成功的，别的三篇都不算好。作者在本书的"跋"里又说他是那么写惯了，一时还改不过来；他的短篇失败的多，这大概是一个主要的原因吧。他的长篇气魄却大，就现在而论，似乎还没有人赶得上；

失于彼者得于此,就他自己说,就读者说,都不坏。因为短篇作家有希望的还有几个,长篇作家现在却只有他一个。但严格地说,他的长篇的力量也还不十分充足。就以近作《子夜》而论,主要的部分写的确是淋漓尽致,陪衬的部分就没能顾到,太嫌轻描淡写了。他现在的笔力写《林家铺子》那样的中篇最合适,最是恢恢有余,所以这一篇东西写得最好。但相信他的将来是无限的。

1933 年 7 月 3 日

读《心病》[a]

从前看惯旧小说的人总觉得新小说无头无尾，捉摸起来费劲儿。后来习惯渐渐改变，受过教育的中年少年读众，看那些斩头去尾的作品，虽费点劲儿，却已乐意为之。不过他们还只知道着重故事。直到近两年，才有不以故事为主而专门描写心理的，像施蛰存先生的《石秀》诸篇便是；读众的反应似乎也不坏。这自然是一个进展。但施先生只写了些短篇；长篇要算这本《心病》是第一部。施先生的描写还依着逻辑的顺序，李先生的却有些处只是意识流的记录；这是一种新手法，李先生自己说是受了吴尔芙夫人等的影响。

《新月》四卷一号上有吴尔芙夫人《墙上一点痕迹》的译文。译者叶公超先生的识语里说：

> 所以，一个简单意识的印象可以引起无穷下意识的回想。这种幻影的回想未必有逻辑的连贯，每段也未必都完全，竟可以随到随止，转入与激动幻想的原物似乎毫无关系途径。

---

[a] 李健吾作。

若许我粗率地打个比方，这有点像电影里的回忆，朦朦胧胧的，渺渺茫茫的。《心病》里有几处最可以看出向这方面的努力。如穷鬼变成旧皮袍（十六面），电门变成母亲（一零九面），秦太太路中的思想（中卷第一章），刘妈洗衣服时的回想（一九八面）。但全书的描写，大体上还是有"逻辑的连贯"的。

书中几个重要人物都是些平常人：大学生，小官僚，官亲，旧式太太小姐。这些除秦绣英外都是不幸的人；自然以陈蔚成为最。他精神上受的压迫最多，自己叙得很详细（三二五至三二七面），因此颇有些"痴"，颇有些怪脾气；不说话，爱舅母的小脚，是显著的例子。他舅母（洪太太）是个"有识有为的妇人"，可是那份儿良心的责备也够她挣扎的。舅舅怯懦得出奇。陈蔚成的丈母（秦太太）受了丈夫的气，一心寄托在女儿和菩萨身上，看见一个穷叫花婆子，线索的确不清楚些。我们平常总不仔细地去分析人的心理，乍看本书的描写，觉得有些生疏，反常，静静去想，却觉得入情入理。

这几个人除秦绣英外，又都是压在礼教底下的人。陈蔚成知道舅舅舅母的罪恶，却"只有以一死了之"。他丈母与妻子（秦绣云）不用说是遵守礼教的。就是吴子青无理取闹，也仗着礼教做护符；就是洪太太，一劲儿怕人说闲话，也见出礼教的力量。他们都没有自己；这正是我们旧时代的遗影。除此以外，书中似乎还暗示着一种超人的力量。从头起就描写恐怖，超人的，人的：女鬼，结婚戒指忽然不见，胡方山的妻的死，陈蔚成中电，他的形体，他的白手套，尘封了的他住过的屋子。而且以谈鬼始，以谈鬼终。读完了这本书，真阴森森的有鬼气，似乎"运命"在这儿伸了一双手。但这个"运命"是有点神秘的，不是近代的"运命"观念，也许是爱伦坡的影响（作者写过一篇《影》，自己说受了这个人的影响），但在全书里是谐和的。

性格最分明的,陈蔚成之外要数洪太太,吴子青;这三个人在我们眼前活着。别人我们只知道一枝一节,好像传闻没有见面。中卷第二章写秦绣云姊儿俩在等妈从洪家回去的一下午。写绣云暗地里心焦,她妹子绣英却老逗着她玩儿。两个少女的心情,曲曲折折地传达出来,恰到好处。别处还免不了有堆砌的地方,这里没有。上卷胡方山占的篇幅太多了,有些臃肿的样子;特别是第九章,太平常的学生生活的一幕,与全书不称。书中所写,不过一个多月的事。上卷是陈蔚成自记,写洪家;中卷写秦家;下卷先写洪家,次写秦家,接着又是陈蔚成自记,写婚后——最后写秦绣云接到他的遗书。第一身与第三身错综地用着,不但不乱,却反觉得"合之则两美",为的是两种口气各各用得在情在理,教读者觉得非用不可。全书虽只涉及小小的世界,在那小世界里,却处处关联着,几乎可以说是不漏一滴水,这儿见出智慧的力量。举一个最精密的例子:上面说过的中卷第二章里叙张妈问秦绣云(那时她正在暗地里心焦等妈回来)她嫁衣的料子——

  也不知道为什么,她忽然多起心来。她的多心使她烦躁。
  ——等太太回来吧,这些事情真麻烦!
  她的意思在衣料,然而不知道为什么却用了一个多数,好像"这些"能掩饰住她的自觉心。

多数与单数的效用,一般人是不大会这么辨别的。书中不少的幽默,读的时候像珠子似地滚过我们的眼。

《冬夜》序

在才有三四年生命的新诗里，能有平伯君《冬夜》这样的作品，我们也稍稍可以自慰了。

从"五四"以来，作新诗的风发云涌，极一时之盛。就中虽有郑重将事，不苟制作的；而信手拈来，随笔涂出，潦草敷衍的，也真不少。所以虽是一时之"盛"，却也只有"一时"之盛；到现在——到现在呢，诗炉久已灰冷了，诗坛久已沉寂了！太沉寂了，也不大好罢？我们固不希望再有那虚浮的热闹，却不能不希望有些坚韧的东西，支持我们的坛坫，鼓舞我们的兴趣。出集子正是很好的办法。去年只有《尝试集》和《女神》，未免太孤零了；今年《草儿》，《冬夜》先后出版，极是可喜。而我于《冬夜》里的作品和他们的作者格外熟悉些，所以特别关心这部书，于他的印行，也更为欣悦！

平伯三年来做的新诗，十之八九都已收在这部集子里；只有很少的几首，在编辑时被他自己删掉了。平伯的诗，有些人以为艰深难解，有些人以为神秘；我却不曾觉得这些。我仔细地读过《冬夜》里每一首诗，实在嗅不出什么神秘的气味；况且作者也极反对神秘的作品，曾向我面述。或者因他的诗艺术上精炼些，表现得经济些，有弹性些，匆匆看去，不容易领解，便有人觉得如此么？

那至多也只能说是"艰深难解"罢了。但平伯的诗果然"艰深难解"么？据我的经验，只要沉心研索，似也容易了然；作者的"艰深"，或竟由于读者的疏忽哩。这个见解也许因为我性情的偏好？但便是偏好也好，在《冬夜》发刊之始，由我略略说明所以偏好之故，于本书的性质，或者不无有些阐发罢。所以我在下面，便大胆地"贡其一得"之愚了。

我心目中的平伯的诗，有这三种特色：一，精炼的词句和音律；二，多方面的风格；三，迫切的人的情感。

攻击新诗的常说他的词句沓冗而参差，又无铿锵入耳的音律，所以不美。关于后一层，已颇有人抗辩；而留心前一层的似乎还少。沓冗和参差的反面自然是简炼和整齐。这两件是言语里天然的性质：文言也好，白话也好，总缺不了他们；断不至因文言改为白话而就有所损失。平伯的诗可以作我们的佐证。他诗里有种特异的修词法，就是偶句。偶句用得适当时，很足以帮助意境和音律的凝炼。平伯诗里用偶句极多，也极好。如：

"……………
是平着的水？
是露着的沙？
平的将被陂[a]了，
露的将被淹了。
……………"（《潮歌》）

"……………

---

a 陂：倾斜的意思。

白漫漫云飞了;

皱叠叠波起了;

花喇喇枝儿摆,叶儿掉了。

…………"(《风的话》)

"…………

由着他,想呵,

恍惚惚一个她。

不由他,睡罢,

清楚楚一个我。

…………"(《仅有的伴侣》)

"…………

云——他真闲呵!

上下这堤塘,浮着人哄哄的响。

水——他真悄呵!

视野分际,疏朗朗的那帆樯。"(《潮歌》)

"…………

我走我的路,

你,你的。

…………"(《风的话》)

"密织就的罗纹,

乱拖着的絮痕,

…………"(《仅有的伴侣》)

说新诗不能有整齐的格调的，看了这些，也可以释然了。这种整齐的格调确是平伯诗的一个特色。至于简炼的词句，在他的诗中，更是随在而有。姑随便举两个例：

"呀！霜挂着高枝，

雪上了蓑衣，

远远行来仿佛是。

一簇儿，一堆儿，

齐整整都拜倒风姨裙下——拜了风姨。

好没骨气！

呸！芦儿白了头。

是游丝？素些；雪珠儿？细些。

迷离——不定东西，让人家送你。

怎没主意？

看哪！芦公脱了衣。"（《芦》）

"天外的白云，

窗面前绿洗过的梧桐树；

云尽悠悠的游着，

梧桐呢，自然摇摇摆摆的笑啊！

这关着些什么？且正远着呢！

是的，原不关些什么！

…………"（《乐观》第一节）

这两节里，任一行都经锤炼而成，所以言简意多，不丰不啬，极摄敛，蕴蓄之能事；前人说，"纳须弥于芥子"，又说，"尺幅有千里之势"，这两节庶乎仿佛了。至于音律，平伯更有特长。新诗的音律是自然的，铿锵的音律是人工的；人工的简直，感人浅；自然的委细，感人深：这似乎已不用详说的。所谓"自然"，便是"宣之于口而顺，听之于耳而调"的意思。但这里的"顺"与"调"也还有个繁简，粗细之殊，不可一概而论。平伯诗的音律似乎已到了繁与细的地步；所以凝炼，幽深，绵密，有"不可把捉的风韵"。如《风的话》，《黄鹄》，《春里人的寂寥》的首章末节等。而用韵的自然，也是平伯的一绝。他诗里用韵的处所，多能因其天然，不露痕迹；很少有"生硬"，"叠响"（韵促相逗，叫作叠响），"单调"等弊病。如《小劫》，《凄然》，《归路》等。今举《小劫》首节为例：

"云皎洁，我的衣，
霞烂缦，我的裙裾；
终古去翱翔，
随着苍苍的大气。
为什么要低头呢？
哀哀我们的无俦侣。
去低头，低头看——看下方；
看下方啊，吾心震荡；
看下方啊，
撕碎吾身荷芰的芳香。"

看这啴[a]缓舒美的音律是怎样的婉转动人啊。平伯用韵，所以

---

a 啴，读 [chǎn]，形容安闲舒适。

这样自然，因为他不以韵为音律的唯一要素，而能于韵以外求得全部词句的顺调。平伯这种音律的艺术，大概从旧诗和词曲中得来，他在北京大学时看旧诗，词，曲很多；后来便就他们的腔调去短取长，重以己意熔铸一番，成了他自己的独特的音律。我们现在要建设新诗的音律，固然应该参考外国诗歌，却更不能丢了旧诗，词，曲。旧诗，词，曲的音律的美妙处，易为我们领解，采用；而外国诗歌因为语言的睽异，就艰难得多了。这层道理，我们读了平伯的诗，当更了然。

　　平伯诗的第二种特色是风格的变化。风格是诗文里作者个性的透映。个性是多方面的，风格也该是多方面的。但因作者环境，情思和表现力的偏畸的发展，风格受了限制：所以一个作家很少有多样的风格在他的作品里。这个风格的专一，好处在有一方面的更深广的发展，坏处便是"单调"。我一年前读泰戈尔的《吉檀迦利》，一气读了二十余首，便觉有些厌倦。泰戈尔的诗何尝不好？只是这二十余首风格太相同了，不能引起复杂的刺激，所以便觉乏味。平伯的诗却多少能战胜这乏味；她们有十余种相异的风格。约略说来，《冬夜之公园》，《春水船》等有质实的风格；《仅有的伴侣》，《哭声》等有委婉，周至的风格；《潮歌》，《孤山听雨》等有活泼，美妙的风格；《破晓》，《鹞鹰吹醒了的》等有激越的风格；《凄然》有缠绵悱恻的风格；《黄鹄》，《小劫》，《归路》有哀惋，飘逸的风格；《愿你》有曲折的风格；《一勺水啊》，《最后的洪炉》等有单纯的风格；《打铁》有真挚，普遍的风格。在五六十首诗里，有这些种相异的风格，自然便有繁复，丰富的趣味。我喜欢读平伯的诗，这正是一个缘故。

　　选《金藏集》（Golden Treasury）的巴尔格来夫（Palgrave）说抒情诗的主要成分是"人的热情的色彩"（Color of Human

Passion）。在我们的新诗里，正需要这个"人的热情的色彩"。平伯的诗，这色彩颇浓厚。他虽作过几首纯写景诗，但近来很反对这种诗，他说纯写景诗正如摄影，没有作者的性情流露在里面，所以不好。其实景致写到诗里，便已通过了作者的性格，与摄影的全由物理作用不同；不过没有迫切的人的情感罢了。平伯要求这迫切的人的情感，所以主张作写景诗，必用情景相融的写法；《凄然》便是一个成功的例子。也因了这"人的情感"，平伯他极同情于一般被损害者；从《鹞鹰吹醒了的》，《无名的哀诗》，《哭声》诸诗里，可以深挚地感到这种热情。这是平伯诗的第三种特色。

以上是我个人的一孔之见，有无误解或误估的处所，还待作者和读者的判定。但有一层，得加说明。我虽佩服平伯的诗，却不敢说《冬夜》便是止境。因为就他自己说，这只是第一诗集；他将来的作品必胜于现在，必要进步。就诗坛全部说，我们也得要求比他的诗还要好的诗。所以我于钦佩之余，还希望平伯继续地努力，更希望诗坛全部协同地努力！

然而现在，现在呢，在新诗才诞生了三四年以后，能有《冬夜》这样的作品，我们也总可以稍稍自慰了！

1922年1月23日，扬州南门禾稼巷

《燕知草》[a] 序

"想当年"一例是要有多少感慨或惋惜的,这本书也正如此。《燕知草》的名字是从作者的诗句"而今陌上花开日,应有将雏旧燕知"而来;这两句话以平淡的面目,遮掩着那一往的深情,明眼人自会看出。书中所写,全是杭州的事;你若到过杭州,只看了目录,也便可约略知道的。

杭州是历史上的名都,西湖更为古今中外所称道;画意诗情,差不多俯拾即是。所以这本书若可以说有多少的诗味,那也是很自然的。西湖这地方,春夏秋冬,阴晴雨雪,风晨月夜,各有各的样子,各有各的味儿,取之不竭,受用不穷;加上绵延起伏的群山,错落隐现的胜迹,足够教你流连忘返。难怪平伯会在大洋里想着,会在睡梦里惦着!但"杭州城里",在我们看,除了吴山,竟没有一毫可留恋的地方。像清河坊,城站,终日是喧阗的市声,想起来只会头晕罢了;居然也能引出平伯的那样怅惘的文字来,乍看真有些不可思议似的。

其实也并不奇,你若细味全书,便知他处处在写杭州,而所着眼的处处不是杭州。不错,他惦着杭州;但为什么与众不同地

---

[a] 俞平伯作。

那样黏着地惦着？他在《清河坊》中也曾约略说起；这正因杭州而外，他意中还有几个人在——大半因了这几个人，杭州才觉可爱的。好风景固然可以打动人心，但若得几个情投意合的人，相与徜徉其间，那才真有味；这时候风景觉得更好。——老实说，就是风景不大好或竟是不好的地方，只要一度有过同心人的踪迹，他们也会老那么惦记着的。他们还能出人意表地说出这种地方的好处；像书中《杭州城站》，《清河坊》一类文字，便是如此。再说我在杭州，也待了不少日子，和平伯差不多同时，他去过的地方，我大半也去过；现在就只有淡淡的影像，没有他那迷劲儿。这自然有许多因由，但最重要的，怕还是同在的人的不同吧？这种人并不在多，也不会多。你看这书里所写的，几乎只是和平伯有着几重亲的 H 君的一家人——平伯夫人也在内；就这几个人，给他一种温暖浓郁的氛围气。他依恋杭州的根源在此，他写这本书的感兴，其实也在此。就是那《塔砖歌》与《陀罗尼经歌》，虽像在发挥着"历史癖与考据癖"，也还是以 H 君为中心的。

近来有人和我论起平伯，说他的性情行径，有些像明朝人。我知道所谓"明朝人"，是指明末张岱，王思任等一派名士而言。这一派人的特征，我惭愧还不大弄得清楚；借了现在流行的话，大约可以说是"以趣味为主"的吧？他们只要自己好好地受用，什么礼法，什么世故，是满不在乎的。他们的文字也如其人，有着"洒脱"的气息。平伯究竟像这班明朝人不像，我虽不甚知道，但有几件事可以给他说明，你看《梦游》的跋里，岂不是说有两位先生猜那篇文像明朝人做的？平伯的高兴，从字里行间露出。这是自画的供招，可为铁证。标点《陶庵梦忆》，及在那篇跋里对于张岱的向往，可为旁证。而周启明先生《杂拌儿》序里，将现在散文与明朝人的文章，相提并论，也是有力的参考。但我知道平伯并不曾着意去模仿那些人，只是性习有些相近，便尔暗合罢了；他自己起初是并未以此自期的；若先存了模仿的心，便只有因袭的气分，没有真情的流露，那倒又不像明朝人了。至于这种名士风是好是坏，合时宜不合时宜，要看你如何着眼；所谓见仁见智，各有不同——像《冬晚的别》，《卖信纸》，我就觉得太"感伤"些。平伯原不管那些，我们也不必管；只从这点上去了解他的为人，他的文字，尤其是这本书便好。

这本书有诗，有谣，有曲，有散文，可称五光十色。一个人在一个题目上，这样用了各体的文字抒写，怕还是第一遭吧？我见过一本《水上》，是以西湖为题材的新诗集，但只是新诗一体罢了；这本书才是古怪的综合呢。书中文字颇有浓淡之别。《雪晚归船》以后之作，和《湖楼小撷》、《芝田留梦记》等，显然是两个境界。平伯有描写的才力，但向不重视描写。虽不重视，却也不至厌倦，所以还有《湖楼小撷》一类文字。近年来他觉得描写太板滞，太繁缛，太矜持，简直厌倦起来了；他说他要素朴的趣味。《雪晚归船》一类东西便是以这种意态写下来的。这种"夹叙夹议"的体制，却并没有堕入理障中去；因为说得干脆，说得亲切，既不"隔靴搔痒"，又非"悬空八只脚"。这种说理，实也是抒情的一法；我们知道，"抽象"，"具体"的标准，有时是不够用的。至于我的欢喜，倒颇难确说，用杭州的事打个比方罢：书中前一类文字，好像昭贤寺的玉佛，雕琢工细，光润洁白；后一类呢，恕我拟不于伦，像吴山四景园驰名的油酥饼——那饼是入口即化，不留渣滓的，而那茶店，据说是"明朝"就有的。

《重过西园码头》这一篇，大约可以当得"奇文"之名。平伯虽是我的老朋友，而赵心余却决不是，所以无从知其为人。他的文真是"下笔千言离题万里"。所好者，能从万里外一个筋斗翻了回来；"赵"之与"孙"，相去只一间，这倒不足为奇的。所奇者，他的文笔，竟和平伯一样；别是他的私淑弟子罢？其实不但"一样"，他那洞达名理，委曲述怀的地方，有时竟是出蓝胜蓝呢。最奇者，他那些经历，有多少也和平伯雷同！这的的括括可以说是天地间的"无独有偶"了。呜呼！我们怎能起赵君于九原而细细地问他呢？

1928年12月19日晚，北平清华园

历史在战斗中——评冯雪峰《乡风与市风》

雪峰先生最早在《湖畔》中以诗人与我们相见,后来给我们翻译文学理论,现在是给我们新的杂文了。《乡风与市风》是杂文的新作风,是他的创作;这充分的展开了杂文的新机能,讽刺以外的批评机能,也就是展开了散文的新的机能。我们的白话散文,小说除外,最早发展的是长篇议论文和随感录,随感录其实就是杂文的一种型。长篇议论文批判了旧文化,建设起新文化;它在这二十多年中,由明快而达到精确,发展着理智的分析机能。随感录讽刺着种种旧传统,那尖锐的笔锋足以教人啼笑皆非。接着却来了小品文,虽说"天地之大,苍蝇之微",无所不有,然而基础是打在"身边琐事"上。这只是个人特殊的好恶,表现在玩世哲学的光影里。从讽刺的深恶痛疾到玩世的无可无不可,本只相去一间:时代的混乱和个性的放弛成就了小品文的一时之盛,然而盛极则衰,时代的路向渐渐分明,集体的要求渐渐强大,现实的力量渐渐逼紧;于是杂文便成了春天第一只燕子。杂文从尖锐地讽刺个别的事件起手,逐渐放开尺度,严肃地讨论到人生的种种相,笔锋所及越见深广,影响也越见久远了。《乡风与市风》可以说正是这种新作风的代表。

"乡风"是农民和下层社会妇女的生活的表现,"市风"是大都会知识者生活的表现。前者似乎比较单纯些,一面保守着传统,一面期待着变。后者就复杂得多,拥抱过去,憧憬将来,腐蚀现在,各走各的路,并且各说各的理。传统是历史,过去是历史,那期待,那憧憬,甚至那腐蚀,也是历史孕育出来的,所谓矛盾的发展。雪峰先生教人们将种种历史的责任"放在自己的肩上","因为这个历史到底是我们自己的历史";这样才能够"走上自觉的战斗的路"。这是现在的战斗,实际的战斗;必须整个社会都走上这条路,而且"必须把战线伸展到生活和思想的所有的角落去"。这战斗一面对抗着历史,一面领导着历史。人们在战斗中,历史也在战斗中。可是"乡风"也好,"市风"也好,现在都还没有自觉地向战斗的路上吹,本书著者所以委曲地加以"分析,批判,以至否定",来指明这条路。

乡风的主角农民和妇女,大抵是单纯的。他们相信还好主义,相信烈女节妇,似乎都是弱者的表现;可是也会说"世界是总要变一变的"。有时更"不惜自己的血"去反抗敌人,像书中所记浙东的种种情形,"这便是弱者在变成强者"了。单纯的善良,也单纯的勇敢,真是的。根底在"对于现实生活的执着"。书中论一个死了丈夫或死了儿子的乡下女人的啼哭,说这个道理,最为鞭辟入里:

> 但最主要的,是她在这样的据点上,用以和人生结合的是她的劳动和她的生命,和丈夫或儿子谋共同生活,共同抵抗一切患难与灾害,对一切都以自己的劳动和生命去突击,于是,单纯而坚实的爱就从为了生活的战斗中产生。唯其以自己的劳动和生命向着"利害的","经济的"生活突击,于是超"利害的",超"经济的"

爱和爱的力就又那样的强毅，那样地浑然而朴真。（也正是在这上面，消费阶层的人们立即显出了自私和薄情了。）而在生活的重压下，却不仅这爱和爱的力不能不表现为一切的坚忍，集中于对于现实生活的执着，并且因此就更粘住那据点，更和据点胶结得紧了：——这又是生活限制了他们，使他们不能走得更远一点。于是，一到所粘住的据点失去，便不能不被无边际的朦胧所压迫，被空虚所侵，而感到无可挽救似的凄哀。（一一六至一一七面）

这种单纯的执着，固然是由历史在支配着，可是这种执着的力量，若有一天伴随上"改进自己的地位的要求"，却能够转变历史；过去如此，现在也如此。即便是"市风"的主角知识者，如今也生活在"混乱"中。"这正是旧的生活观念的那一向还巩固的物质基础，也被实际生活的冲击而动摇着了罢？"不错的，于是有些人将注子压在"老大"上，做着复古的梦，但是"老大"只"作为造成历史的矛盾的地盘而有用"，"历史的矛盾"就是历史在战斗中，"老大"该只是战斗的经验多的意思才有道理。除了这样看，那就老大也罢，古久也罢，反正过去了，永远过去了，永远死亡了——一个梦，一个影子，抓不住的。又有些"自赏"着美丽的理想。而这也只是"对于永远过去了的白昼的没有现实根据的梦想，以对于黄昏的依恋及其残存的微光，注向于黑黑的午夜，仿佛有那么一支发着苍白的光的蜡烛，奄奄一息地在黑影里朦胧地摇晃。""这样的理想主义当然是所谓苍白的，而拥抱它的人也自然是苍白无力的人：这一拥抱就是他的消失！"那拥抱过去的人虽不一定"苍白无力"，可也不免外强中干——外强是自大，中干是自卑。总之，这两种人都是空虚的：

> 如果我们是因为空虚，则无论拥抱过去时代，无论拥抱将来的美的世界，都依然是空虚的罢。假如我们的空虚是从我们现在而来的，那么我们便会真实地觉得：过去时代像是灰白的尸体，而美的将来也简直是纸糊的美人。（一三五面）

重节操的人似乎算得强者了。然而至多只做到了有所不为的地步；其次由于"胆小而虚伪的历史观察和对于人生实践的迂拙而消极的态度"，更只止于洁身自好，真是落到了"为节而节"的末路；又其次"终于将这德行还附上了庸俗的和矫揉造作以至钓名沽誉的虚伪的面目"。一向士大夫所以自立，所以自傲的这德行，终于在著者的书页里见得悲哀，空虚，甚至于虚无了。他在《谈士节兼论周作人》一文的结尾道："我们是到了新的时代；历史的悲哀和空虚将结束于伟大的叛逆，也将告终于连这样的空虚和悲哀也不可能了的时代。"这末尾一语简直将节操否定得无影无踪；可是细心读了那上文委曲的分析，切实的批判，便知这否定决非感情用事，而不由人不相信。这篇文字论士节这般深透，我还是初见，或许是书中最应该细心读的。还有，悲观主义也由空虚而来。这是"像浮云一般的东西，既多变化，而又轻如天鹅绒似的"。在悲观者本人"也只是一种兴奋剂，很难成为一种动力，对于人也至多有一点轻尘似的拂扰之感，很少有引起行为的影响"。但是如愤世者所说，"现在是连悲观也悲观不起来也"。悲观者自己是疲劳了，疲劳到极点了，于是随波逐流，行尸走肉，只是混下去。这就比悲观主义更危险，更悲哀。

著者特别指出这样一种人：

用厌烦的心情去看可厌烦的世界，可并不会因此引起对于世界的绝望或反抗，却满足于自己的厌烦，得意着他那已经浸入到灵魂深底里去的一些文化上的垃圾，于是对一切都冷淡，使自己完全游泛在自私的市侩主义里。……这种人是一种混杂体……蒙盖在厌世的个人主义下面，实质上是市侩主义和赤裸的利己主义。（一二九面）

这里指的就是三十年来流行世界的玩世主义，也正是空虚或虚无的表现。著者认为绝对的虚无主义就是绝对的利己主义；因为"人虚无到绝对的时候，实在就非利己到绝对不可，那时，就连虚无主义也并非必要的了。反之，如果要利己到绝对，也就非虚无到绝对不可"。他认为市侩主义正是一种虚无主义，所以也就是一种利己主义了。这利己主义到了"惟利是逐"的地步，"却是非空虚到极点不可。现在人都以'心目中无国家民族'一句话，咒骂并不以惟利是逐，或利己主义为羞了的人们，殊不知在他们的心底的深处，是在感到连他们自己都快要不存在了。"这种种都是腐蚀现在的人。

这种种"市风"其实都是历史在战斗中的曲折的阵势，历史在开辟着那自觉的路。著者曾指出"老人"也可以有用；又说"还有那在黎明以前产生的理想主义"，是会成为现实主义的；又说悲观主义者也会变成战士。这些也都在那曲折的阵势或"历史的矛盾"中。有了这些，那自觉的战斗的路便渐渐分明了。"人总是主动的"，"必须去担当社会矛盾的裂口和榨轧；去领受一种力以抵抗另一种相反的力"。这里"人"指人民也指个人。

> 大概，人原是将脚站在实地上才觉得自己存在的罢，也原是以自己的站，自己的脚力，去占领世界的罢。……人怎能不从世界得到生活的实践的力，又怎能不从自己的实践去归入到世界的呢？（一六六至一六八面）

这就是"相信自己有力量"，就是"自信"。这里说到世界。著者认为"高度的民族文化是向着更广泛的高度的人类价值的发展；而在战斗的革命的民族，这就是民族之高度的革命性的表现"。

说到战斗，自然想到仇恨，许多人特别强调这仇恨。著者自然承认这仇恨的存在，但他说"爱与同情心之类，在现在，其实大半是由仇恨与仇恨的斗争所促成的。"他说：

> 人类的悠久的生活斗争的历史，在人类精神上的最大的产物是理性和对同类的爱，但这两者都是从利害的相同的自觉上而发生，而发展起来的。人们在相互之间追寻着同情和同类的爱者，主要地是受理性指使，起因于相互的利害关系，也归结于相互的利害关系。（一五三面）

然而"人在社会的利害关系中不仅从社会赋予了个人，同时也时时在从个人向社会突进着，赋予着的。而这种赋予的关系及其力量，在为共同利害的斗争上，就特别表现得明白并发展到高度。"于是"在共同利害的关系中便发生超利害的关系，在为共同利害的斗争中便产生超利害的伟大的精神。——人类的出路就在这里。"著者特别强调"战友之间的爱"，认为"即使完全不提到那战斗的目的和理想，单抽出那已经由共同战斗而结成的友爱的情感和方式来看，都已经比一般友爱更坚实，也更逼近一步理性和艺术所要求的人类爱了。"这种爱的强调给人喜悦和力量。

  这些可以说是著者所认为的"科学的历史方法和历史真理"。这种历史方法和历史真理自然并非著者的发见，然而他根据自己经验的"乡风与市风"，经过自己的切实的思索，铸造自己严密的语言，便跟机械的公式化的说教大相径庭，而成就了他的创作。书中文字虽然并没有什么系统似的，可是其中的思想却是严密的，一贯的。而弥漫着那思想的还有那一贯的信心，著者在确信他所说的每一句话。你也许觉得他太功利些：他说的"怀古之情也是一种古的情感"，他说的对于将来的"做梦似的幻想"，他说的"虚无的'超利害'的幻想"不免严酷了些；他攻击那"厌世的个人主义"或玩世主义，也不免过火了些。可是你觉得他有他的一贯的道理，他在全力地执着这道理，而凭了这本书，你就简直挑不出他的错儿。于是你不得不彷徨着，苦闷着。这就见出这本书的影响和力量。著者所用的语言，其实也只是常识的语言，但经过他的铸造，便见得曲折、深透，而且亲切。著者是个诗人，能够经济他的语言，所以差不多每句话都有分量；你读的时候不容跳过一句两句，你引的时候也很难省掉一句两句。文中偶然用比喻，也新鲜活泼，见出诗人的本色来。本文所以多引原书，就因为原书的话才可以表现著者的新作风，因而也更可以表现著者的真自己。这种新作风不像小品文的轻松、幽默，可是保持着亲切；没有讽刺文的尖锐，可是保持着深刻，而加上温暖；不像长篇议论文的明快，可是不让它的广大和精确。这本书确是创作，确在充分地展开了杂文的新机能；但是一般习惯了明快的文字的人，也许需要相当大的耐心，才能够读进这本书去。

生活方法论——评冯友兰《新世训》

这本书一名《生活方法新论》。这是二十年来同类的书里最有创见最有系统的一部著作。同时又是一部有益于实践的书。书中所讨论的生活方法似乎都是著者多年体验得来的，所以亲切易行；不像有些讲修养方法的立论虽高，却不给人下手处，讲生活方法而不指出下手处，无论怎样圆妙，也只是不兑现的支票，那是所谓"戏论"。戏论的生活方法不是方法，读者至少当下不能得到什么益处。固然，实践是一步步的实践，读了一本书当下就成贤成圣，那是不可能的。但是本书中所指示的生活方法多是从日常行事中下手，一点不含糊，当下便可实践，随时随地都可实践。书中说：

> 但如果一个人于事亲的时候，对于每一事，他只须想他所希望于他的儿子者如何，则当下即可得一行为的标准，而此标准对于此行为，亦是切实的而又合适的。一个人于待朋友的时候，对于每一事他只须想，他所希望于朋友者若何，则当下即可得这一行为的标准，而此标准对此行为，亦是切实的而又合适的。（四一至四二面）

这样实践下去便是"做人"。而做人即是"照着圣人的标准'做'者"（二九面）。

有一位朋友从《中学生》上读了本书前一两篇，曾经写信来说，抽象的议论太多，恐怕读者不会感到亲切，也未必能找到下手处。关于下手处，上节已论。本书虽以抽象的议论为主，但多引"眼前所见的事为例证"（八面），这便见得亲切，也便指示了下手处。书中又常引证小说和笑话，增加趣味。这都是所谓"能近取譬"。但例证自然不能太多；不太多的例证似乎也尽够了，不是所谓"罕譬而喻"。抽象的议论只说及一类一类的事，诚然会"常使人感觉宽泛，不得要领"（四〇至四一面）。但要一件一件事地说，必不免挂一漏万，而且太琐屑太冗长，会教人不能终卷。古圣先贤的教训也有零碎地说及一件一件事的，虽是切实，可是天下没有相同的事，实践起来，还得自加斟酌（参看四一面）。本书只举例证，用来烘托那些议论，启发读者，折中于两者之间，是很得当的。再说，同是抽象的议论，可以是"死的教训"或"似乎不能应用的公式"（参看七至八面），也可以是著者"真实自己见到者"（一七六面）。若是前者，自然干燥无味；可是若是后者，却能使人觉有一种"鲜味"（参看一七五、一七六面）。本书的议论似乎是属于后者，虽然是抽象的，并不足病。读者只要细细咀嚼，便可嚼出味来。就青年人说，高中二三年级和大学生都该能读这部书。但现在一般青年人读惯了公式的议论文，不免囫囵吞枣的脾气。他们该耐着性儿读这部书；那么，不但可得着切实的生活方法，还可以得着切实的阅读训练。

"五四"运动以来，攻击礼教成为一般的努力，儒家也被波及。礼教果然渐渐失势，个人主义抬头。但是这种个人主义和西方资本主义的社会的个人主义似乎不大相同。结果只发展了任性和玩世两种情形，而缺少严肃的态度。这显然是不健全的。近些年抗战的力量虽然压倒了个人主义，但是现在式的中年人和青年人间，任性和玩世两种影响还多少潜伏着。时代和国家所需要的严肃，这些影响非根绝不可。还有，这二十年来，行为的标准很分歧；取巧的人或用新标准，或用旧标准，但实际的标准只是"自私"一个。自私也是于时代和国家有害的。建国得先建立行为的标准；建立行为的标准同时也就是统一行为的标准——生活方法标准化。这部书在这件工作上该有它的效用。这部书根据宋明道学家的学说，融合先秦道家的学说，创成新论。宋明道学家是新儒家。"五四"以来一般攻击的礼教，也是这些新儒家的影响所造成。但那似乎是他们的流弊所至。他们却有他们的颠扑不破的地方；可惜无人阐明发挥，一般社会便尔忽略，不能受用他们的好处。本书著者能够见到那些颠扑不破的道理，将它们分析清楚，加以引申补充，教读者豁然开朗，知道宋明道学家的学说里确有许多亲切的做人的道理，可以当下实践。这差不多是一个新发现。再者，道家的学说，一般总以为是消极的，不切世用。本书著者却指出道家对于利害有深广而精彻的衡量，可以作我们生活的指针。而使人放宽胸眼一层，也可以补儒家的不足。这两层著者在《中国哲学史》里已经说及。不过本书发挥得更畅罢了。这也是一个有用的发现。

　　本书所论的生活方法，有些是道德的，有些是非道德的——可是不违反道德的规律的（五至六面）。第一篇是《尊理性》，这是本书的骨干。以下各篇都从尊理性派衍而出。现在是理性的时代，理性的重要最显明易见。尊理性是第一着，是做人的基本态度。《行忠恕》是说怎样对人。《为无为》着重"无所为而为的无为"（六三面），是说怎样对事。《道中庸》是说行为要"恰好或恰到好处"（八四面）。"守冲谦"是教人"重客观"、"高见识"、"放眼界"（一一三面）。

《调情理》是教人"有情而不为情所累"（一三六面）。《致中和》是说健全的人格以及人和社会的分际。《励勤俭》是教人"自强不息"（一六一面）"有余不尽"（一六六面）。《存诚敬》是说要"有真至精神"并要"常提起精神"（一七七面）。《应帝王》是说"作首领的人应该无为"（一八六面）。这几篇是相当衔接着的，著者思想的顺序从这儿各篇简略说明里可见。《调情理》篇说到"无'我'的成分之恕"（一四一面），实践起来，效用最易看出。而《为无为》篇论兴趣和义务，更是我们所急应知道的，著者的见解给我们勉励，同时给我们安慰。这里引那末一段儿：

> 一个人一生中所作的事，大概可以分为两部分。一部分是他所愿意作者，一部分是他应该作者。合乎他的兴趣者，是他所愿意作者；由于他的义务者，是他应该作者。道家讲无所为而为，是就一个人所愿意作的事说。儒家讲无所为而为，是就一个人所应该作的事说。道家以为，人只须作他所愿意作的事，这在事实上是不可能的。儒家以为，人只应该作他所应该作的事，这在心理上是过于严肃的。他们必须将道家在这一方面所讲的道理，及儒家在这一方面所讲的道理，合而行之，然后可以得一个整个的无所为而为的人生，一个在这方面是无为的人生。（七九面）

本书的特长在分析意义；这是本书成功的一个主要原因，全书从《绪论》起，差不多随时在分析一些名词的意义，这样，立论便切实不宽泛，不致叫人起无所捉摸之感。《绪论》里解释"所谓新论之新"，分为五点（四至一一面），便是一例。但最重要的还是分析"无为"和"中"两个词的意义。"无为"共有六义，著者一一剖解，可以说毫无遗蕴（五八至六二面）。"中"的歧义也多，著者拨正一般的误解，推阐孔子朱子的本意，也极精彻圆通（《道中庸》篇）。此外，如解"忠"为"己之所欲，亦施于人"（三八面），并加以发挥（《行忠恕》篇）。以及逐层演释"和"的意义（《致中和》篇），都极见分析的功夫。这种多义或歧义的词，用得太久太熟，囫囵看过，总是含混模糊，宽泛而不得要领。著论的人用甲义，读者也许想到乙义；同一篇论文里同一个词，前面用甲义，后面就许用乙义丙义，再后面或者又回到甲义。这样是不会确切的，也不能起信。所以非得作一番分析的功夫，不能有严谨的立论。这需要多读书，多见事，有理解力，有逻辑和语文的训练，四样儿缺一不可。从前有过逻辑文的名称，像本书的文体才可以当得起这个名词。本书著者冯先生还有《新理学》，《新事论》两部书（商务版），文体相同，但前者性质专门些。长于分析文体的还是金岳霖先生，他的哲学论文多能精确明畅，引人入胜。金先生的白话文似乎比较纯粹，冯先生的还夹着不少文言成分，即各自成为一家。我觉得现在的青年人多不爱读议论文和说明文，也不爱作，不会作。这实在不切世用。高中二三年级和大学生即使只为学习写作，也该细读本书和《新事论》。他们读惯了公式的论文，缺少分析的训练；这两部书正是对症的药。而且无论学习白话文或文言文，这两部书都能给他们帮助，因为这两部书里文言成分不少。

美国的朗诵诗[a]

前些日子有一位朋友来谈起朗诵诗。他说朗诵诗该是特别为朗诵而作的诗。一般的诗或许也能朗诵，但是多数只为了阅读，朗诵起来人家听不懂；将原诗写出来或印出来，让人家一面看一面听，有些人可以懂，但大众还是不成。而朗诵诗原是要诉诸大众的，所以得特别写作——题材，语汇，声调，都得经过一番特别的选择。近来读到《纽约时报·书评》（一九四四年十月二十二日）里多那德·亚丹的《书话》，论及广播诗剧的发展，说这种诗剧总要让广大的听众听得懂；这也许会影响一般印刷的诗，让作者多注重声调，少注重形象。他说形象往往太复杂，并且往往太个人的，而听的时候耳朵是不能停下细想的。但他并不主张消灭印刷的诗，他觉得两者可以并存。广播自然是朗诵，在我国也试过多次。合看这两段话，可以明了朗诵诗的发展是一般趋势，也可以明了朗诵诗发展的道路。

亚丹的话不错，罗素·惠勒·达文鲍特(Russell W. Davenport)的长诗《我的国家》便是证据。这篇印刷的诗是准备朗诵的。据美国《时代周刊》（一九四四年十月三十日）的记载，去年九月间

---

a 出自 1948 年文光书店版《标准与尺度》。

一个晚上纽约曼哈顿地方有一个读诗盛会,到场的四十人都是出版家,编辑人,批评家,诗人,以及一些爱诗的人,他们听达文鲍特第一次正式读他多少年来的第一篇诗《我的国家》这篇六十二面的长诗。达文鲍特始终能够抓住他的听众,他的诗无疑的对这些第一回的听者发生了效用。大家有一个很深的印象,觉得这篇诗是企图用美国民众的普通语言,将诗带回给民众,让他们懂。——《生活》杂志(一九四四年十一月二十七日)说这诗集出版是在十月。

达文鲍特今年四十五岁,是一家钢铁公司副经理的儿子,在第一次世界大战里得过两回十字勋章。他作过十年诗;后来加入新闻界,却十四年没有作诗。所以说《我的国家》是他多少年来的第一篇诗。他做过《幸运》杂志跟《生活》杂志的编辑,现在离开了新闻界,做一个自由作家。他是故威尔基先生的最热心的信徒之一,一九四〇年曾帮助他竞选总统。《纽约时报·书评》(一九四四年十一月五日)有《美国使命的一篇诗》一文,是评《我的国家》的,其中说到威尔基先生相信民主应该负起世界的责任,不然民主便会死亡,相信自由的体系和奴隶的体系不能并存;而达文鲍特将这些观念翻译成诗。文中说人们在这时代正热烈地想着过去的遗产,现在的悲剧,将来的战斗;在这重要关头正需要一种高贵的情感的鼓舞。达文鲍特见到了这里,他的诗"叫我们一面想一面感,叫我们放眼众山顶上,探求心的深处,听取永存的命运的脉搏"。

《我的国家》原书这里还没有见到,只从上文提过的《生活》杂志,《时代周刊》,《纽约时报·书评》里读到一部分,《生活》杂志里是选录,不是引证,最详。下文成段的翻译除一段外,都取材于这里。这里说"本诗是作来朗诵的"。诗中大部分有韵,一部分无韵,一部分用口语。《时代周刊》说本诗谐和易诵,就是口语部分，也有严肃味。下文的翻译用韵与否，全依原诗。全诗开篇称颂美国是自由的家：

> 美国不是安逸的地方。
> 我们不停地从动作产生
> 英雄的壁画和英雄的歌唱。
> 我们还未将精神帝国造成，
> 还没有在坟墓里发射光辉；
> 但我们这冒险的出汗的子孙，
> 尊敬迅速、强健、自由和勇气——
> 这种心，它的思想跟着手走——
> 这些人，暴怒着解放了奴隶，
> 征服那处女地，教命运低头。
> 我们是动的物件的建筑家，
> 继成那"沙马堪"[a]尖塔的成就——
> 锅炉，钢条，螺旋桨，轮翼，其他，
> 用来奔，飞，俯冲，听我们命令；
> 从这当中自由的烈风灌哗。
> 美国不是休息的国境。

美国人"是动作的，愿望的人"。

> 然而自由不是那般
> 秀丽而优雅的情调；
> 它的发育像战斗一样难，

---

a 沙马堪是中亚细亚的古城。

那么粗鲁,又那么烦躁,
为的参加这时代的实际斗争。
自由,它只是思想高深,
血肉却是"不和"与械斗所造;
这民族心肠硬,本领大:
欺诈,劳工暴动,性,罪行,
大家的意志明敲暗打——
波涛的冲突毁灭了自己;
诡计
　　斜睨
　　　　低声的图谋
眨眨眼
　　架子上手枪一支;
这些事现眼
　　怕人
　　　　人相杀……

自由神可以引起恐惧与怨恨。它产生种种物品("光亮的机器,可爱的,光亮的,使人难信的机器"),却说不出为什么来。于是乎引起了"否定"的信仰:

我们看见了"无有":
我们见了它,见了
"无有"——它的面……
听见了它宣布
"怨恨"的新秩序,

那没有神的新秩序。

（本段见《纽约时报·书评》）

人们原来假定进步无穷，而且无苦无难，这一混乱可丧了气。"现在我们知道坏了事，自由害了人。"

说到这里，诗人就问为什么美国伟大的成就不能给她的人民带来精神的和平呢？他于是将美国跟她的战死者对照，要发见他们是为了什么死的？这一章用的是流利的口语。《纽约时报·书评》以为更有诗意。这儿战死者拉里的老师说道：

"我不知道他怎么死的；但是我想他
是冲上前去，像在我们纪念球场上一样，
我想他是凭着他那惊人的信心
冲上前去；我想一定是
这样，拿出了他所有的一切：
他是个很大方的孩子。
在我这方面我要说我相信拉里
为一个道理，为一个原因而死，
我相信他为自由而死。
不信他除了敌人还会想到别的。
我准知道他若在狐穴里
曾想到自由，那决不是我们
这儿从书里知道的自由。
他想到自由的时候，他想到
你们这班朋友坐在这儿；
他想到我们这城市，我们的生活，

> 我们的游戏，我们吃的好东西，
> 我们大家共有的光明的希望；
> 我不是说他曾想到自由——我
> 我准知道这是拉里的自由的观念。"

这位老师告诉他那些学生，这种自由生活是经过多少艰苦才得来的。他说：

> 拉里将球传给你们了，别让他吃亏！
> 接了它！抱紧它！向前进！带着跑！

这就暗示新的信仰的产生了。

于是达文鲍特指出美国战士在世界上各处都是为了人类自由的理想而死。他要美国利用那伟大的资源和伟大的才力来达成自由民主的民族的世界集团，所谓"四海一家"。这是替代了那"否定的信仰"的新信仰，从战死者产生：

> 海岸上僵直的白十字架画出
> 永恒的图案。
> 睡眠的队伍永远安排在静默里，
> 人们的生命只剩下些号码，
> 异国的风吹到海滩上，抚摸着
> 倒下的远国的人们的儿孙：
> 这儿，自由的意义和真理终于
> 开了封，现在各国人的眼前；
> 这儿，死掩没了种种记忆：

迈恩，奈勃拉斯加^a，
沙漠中红印度人的火，有胡子的活橡树，
德克色斯州^b的风吹草动，
到学校和教堂去的灰土道。
还有，这些也都掩没了，像溪流一般——
牧场，果园，法院，银行，店铺，铁路，工厂，
记忆中的人面，跟分别时热烈的嘴唇，
跟像阳光照在神经上似的手，
跟隔着重洋的人垂在肩上的头发。
这儿，凭着自由的名字一切聚集起来，
种种不联合的目的成功圆满的一家——
一切人都是弟兄，在死的怀抱里；·
这些人活着时决没有晓得他们是弟兄。
愿望自由的人们请读这开了封的消息——
你们彼此斗争着的千百万人
请打开坟墓看看从土中
挖起来的自由的秘密：
在血肉的幕后，十字架的的下，
有一个一切人的弟兄；一切人是一个人。

接着是较多的形象化的一段，强调上一段的意思。

就像在夜里，
美国众山上吹起一阵清风，

---

a 迈恩与奈勃拉斯加都是美国的州名。
b 即美国德克萨斯州。

土地的气味从秘密的地方放出,
雾气罩在山谷上,严肃的群星
聚会着,好像选出的代表
在我们头上代表自由的思想:
就像这样,那些青年人出了坟墓,
回到我们的心里,犹如我们自己的影子;
他们又成了形,有了生命,好像月光
靠着那虬枝怪干的白橡林成了形——
靠着那些小河变了色,像白银一般,
他们重新住到他们不能住的土地上。
这样我们就能在死者的弟兄情分里
看见一切熟悉这土地,爱好这土地的人……

这种团结的愿望的象征是美国国旗,"这面旗表出美国是自由的纪念碑"。而这种愿望的根苗是那简单的,和平的美国人家:

美国活在她的简单的家屋:
风吹日晒的门扇,古老的紫藤,
雄鸡游走的晒谷场,灰尘仆仆,
榆,橡,松,这些树都习见习闻;
家具为的舒服,不为的好看,
人名无非里克,彼得,加罗林,
靠得住的街坊,靠得住的书刊,
还有,和平,希望,跟机会。
美国将妈妈当做命,她做饭,
透亮的炉子,做她的拿手菜,

和果酱，蛋糕，无数的苹果饼。
美国爸爸是家长，用倦眼来
读星期日的报纸，十分详尽；
美国爱狗，爱孩子们呼啸着
从学校回家；学校是一面镜，
历史上金字塔的影隐约着。
美国总活在这些事物当中，
即使在黑夜，暗香吹着，虫叫着，
平原像漆黑可怕的湖水溶溶，
让美国灯光的明窗围护，
那时人家里的枫树趁着风
耙似地推着明星越夜空西去。
美国孩子不论远向何方
冒险，去死，在她眼不见的地步，
这些无名的照耀着的小窗
总照耀着这不相信的人类；
要教地上一切人民都在想
自由的目的地，那强固的堡垒——
不是和平，不是休息，不是优游——
只是胆敢面对民主的真理：
自由不可限制，要大家都有，
此处的自由就是各处的自由。

"此处的自由就是各处的自由"，是世界主义者的歌。《纽约时报·书评》所谓"美国的使命"也是这意思。

《书评》里说诗人"要将美国的高大的影子，那先锋的影子，林肯的影子,投射到边界外,领海外去"。——说"他明白若不勇敢而大方的鼓吹人们都是弟兄,他自己的地上会长不成花草,他自己的榆树和枫树会遭遇永久的秋天,他自己的屋顶会教最近一次大风雪吹了去,他的炉边会只剩一堆碎石,教他再做不成好梦"。——说这篇诗出现得正是时候,比顿巴吞橡树的建议要美丽些,热烈些。"我们需要战车和重炮,也一样需要诗歌与信仰。一种情感使人的脉跳得像打鼓,使人的眼花得像起雾,也许并不是妇人之仁——也许倒是世界上最有力,最有用的东西。"另一期《周刊》(一九四四年十二月十八日)却嫌诗里有过火的地方。那儿说《我的国家》已经印了三万本,就诗集而论,实在是惊人的数目。

读《湖畔》诗集

《湖畔》是潘漠华、冯雪峰、应修人、汪静之四君的诗选集，由他们的湖畔诗社出版。

作者中有三个和我相识；其余一位，我也知道。所以他们的生活和性格，我都有些明白。所以我读他们的作品，能感到很深的趣味。

现在将我读了《湖畔》以后所感到的写些出来，或可供已读者的印证，引未读者的注意。但我所能说的只是些直觉、私见，不能算做正式的批评，这也得声明在先。

大体说来，《湖畔》里的作品都带着些清新和缠绵的风格；少年的气氛充满在这些作品里。这因作者都是二十上下的少年，都还剩着些烂漫的童心；他们住在世界里，正如住在晨光来时的薄雾里。他们究竟不曾和现实相肉搏，所以还不至十分颓唐，还能保留着多少清新的意态。就令有悲哀的景闪过他们的眼前，他们坦率的心情也能将他融和，使他再没有回肠荡气的力量；所以他们便只有感伤而无愤激了。——就诗而论，便只见委婉缠绵的叹息而无激昂慷慨的歌声了。但这正是他们之所以为他们，《湖畔》之所以为《湖畔》。有了"成人之心"的朋友们或许不能完全了解他们的生活，但在人生的旅路上走乏了的，却可以从他们的作品里得着很有力的安慰；仿佛幽忧的人们看到活泼泼的小孩而得着无上的喜悦一般。

就题材而论，《湖畔》里的诗大部是咏自然；其余便是漠华、雪峰二君的表现"人间的悲与爱"的作品。咏自然的大都宛转秀逸，颇耐人思，和专事描摹的不同。且随意举几首短的为例：

修人君的《豆花》：

  豆花，
  洁白的豆花，
  睡在茶树的嫩枝上，
  ——萎了！
  去问问，歧路上的姊妹们
  决心舍弃了田间不曾？（七二页）

静之君的《小诗·二》：

  风吹皱了的水，
  没来由地波呀，波呀。（五页）

雪峰君的《清明日》：

  清明日，
  我沉沉地到街上去跑；
  插在门上的柳枝下，
  仿佛看见簪豆花的小妹妹的影子。（三七页）

咏人间的悲哀的，大概是凄婉之音，所谓"幽咽的哭的"便是了。这种诗漠华君最多，且举他的《撒却》的第一节：

凉风抹过水面，
划船的老人低着头儿想了。
流着泪儿，
尽力掉着桨儿，
水花四溅起，
他撒却他的悲哀了！（六〇页）

咏人间的爱的以对于被损害者和弱小者的同情为主，读了可兴起人们的"胞与之怀"，如雪峰君的《小朋友》：

在杭州最寂静的那条街上，
我有个不相识的小朋友。
一天我走过那里，
他立在他的门口，
看着我，一笑。
我问他，"你是那个？"
他说，"我就是我呵。"
我又问他，"你姓甚？"
他说，"我忘却了。"
我想再问他，
他却回头走了。
后来，我常常去寻他，
却再也寻不到了。

但他总逃不掉是我的

不相识的小朋友呵！（一页）

和上一种题材相联的，是对于母性的爱慕；漠华君这种诗很多，雪峰、修人二君也各有一首。这些作品最教我感动；因为我是有母而不能爱的人！且举漠华君的《游子》代表罢：

> 破落的茅舍里，
> 母亲坐在柴堆上缝衣——
> 哥哥摔荡摔荡的手，
> 弟弟沿着桌圈儿跑的脚，
> 父亲看顾着的微笑，
> 都缕缕抽出快乐的丝来了，
> 穿在母亲缝衣的针上。
> 浮浪无定的游子，
> 在门前草地上息息力，
> 徐徐起身抹着眼泪走过去；
> 父亲干枯的眼睛，
> 母亲没奈何的空安慰，
> 兄弟姊妹的对哭，
> 那人儿的湿遍泪的青衫袖，
> 一切，一切在迷漠的记忆里
> 葬着的悲哀的影，
> 都在他深沉而冰冷的心坎里
> 滚成明莹的圆珠，
> 穿在那缝衣妇人的线上。（四二页）

就艺术而论，我觉漠华君最是稳练、缜密，静之君也还平正，雪峰君以自然、流利胜，但有时不免粗疏与松散，如《厨司们》、《城外纪游》两首便是。修人君以轻倩、真朴胜，但有时不免纤巧与浮浅，如《柳》、《心爱的》两首便是。

倘使我有说错的地方，好在有原书在，请他给我向读者更正罢。

1922年5月18日，杭州

诗与话 [a]

胡适之先生说过宋诗的好处在"做诗如说话",他开创白话诗,就是要更进一步地做到"做诗如说话"。这"做诗如说话"大概就是说,诗要明白如话。这一步胡先生自己是做到了,初期的白话诗人也多多少少地做到了。可是后来的白话诗越来越不像说话,到了受英美近代诗的影响的作品而达到极度。于是有朗诵诗运动,重新强调诗要明白如话,朗诵出来大家懂。不过胡先生说的"如说话",只是看起来如此,朗诵诗也只是又进了一步做到朗诵起来像说话,都还不像日常嘴里说的话。陆志韦先生却要诗说出来像日常嘴里说的话。他的《再谈谈白话诗的用韵》(见燕京大学新诗社主编的《创世曲》)的末尾说:

> 我最希望的,写白话诗的人先说白话,写白话,研究白话。写的是不是诗倒还在其次。

这篇文章开头就提到他的《杂样的五拍诗》,那发表在《文学杂志》二卷四期里,是用北平话写出的。要像日常嘴里说的话,

---

[a] 出自 1948 年 5 月观察社《论雅俗共赏》。

自然非用一种方言不可。陆先生选了北平话，是因为赵元任先生说过"北平话的重音的配备最像英文不过"，而"五拍诗"也就是"无韵体"，陆先生是"要摹仿莎士比亚的神韵"。

陆先生是最早的系统的试验白话诗的音节的诗人，试验的结果有本诗叫做《渡河》，出版在民国十二年。记得那时他已经在试验无韵体了。以后有意的试验种种西洋诗体的，要数徐志摩和卞之琳两位先生。这里要特别提出徐先生，他用北平话写了好些无韵体的诗，大概真的在摹仿莎士比亚，在笔者看来是相当成功的，又用北平话写了好些别的诗，也够味儿。他的散文也在参用着北平话。他是浙江硖石人，集子里有硖石方言的诗，够道地的。他笔底下的北平话也许没有本乡话道地，不过活泼自然，而不难懂。他的北平话大概像陆先生在《用韵》那篇文里说的，"是跟老百姓学"的，可是学的只是说话的腔调，他说的多半还是知识分子自己的话。陆先生的五拍诗里的北平话，更看得出"是跟老百姓学"的，因为用的老百姓的词汇更多，更道地了。可是他说的更只是自己的话。他的五拍诗限定六行，与无韵体究竟不一样。这"是用国语写的"，"得用国语来念"，陆先生并且"把重音圈出来"，指示读者该怎样念。这一点也许算得是在"摹仿莎士比亚"的无韵体罢。可是这二十三首诗，每首像一个七巧图，明明是英美近代诗的作风，说是摹仿近代诗的神韵，也许更确切些。

近代诗的七巧图，在作者固然费心思，读者更得费心思，所以"晦涩"是免不了的。陆先生这些诗虽然用着老百姓的北平话的腔调，甚至有些词汇也是老百姓的，可并不能够明白如话，更不像日常嘴里说的话。他在《用韵》那篇文里说"罚咒以后不再写那样的诗"，"因为太难写"，在《杂样的五拍诗》的引言里又说"有几首意义晦涩"，于是他"加上一点注解"。这些都是

老实话。但是注解究竟不是办法。他又说"经验隔断,那能引起共鸣"。这是晦涩的真正原因。他又在《用韵》里说:

> 中国的所谓新人物,依然是老脾气。哪怕连《千家诗》,《唐诗三百首》都没有见过的人,一说起这东西是"诗",就得哼哼。一哼就把真正的白话诗哼毁了。

"真正的白话诗"是要"念"或说的。我们知道陆先生是最早的系统的试验白话诗的音节的诗人,又是音乐鉴赏家,又是音韵学家,他特别强调那"念"的"真正的白话诗",是可以了解的;就因为这些条件,他的二十三首五拍诗,的确创造了一种"真正的白话诗"。可是他说"不会写大众诗","经验隔断,那能引起共鸣",也是真的。

用老百姓说话的腔调来写作,要轻松不难,要活泼自然,也不太难,要沉着却难;加上老百姓的词汇,要沉着更难。陆先生的五拍诗能够达到沉着的地步,的确算得是奇作。笔者自己很爱念这些诗,已经念过好几遍,还乐意念下去,念起来真够味。笔者多多少少分有陆先生的经验,虽然不敢说完全懂得这些诗,却能够从那自然而沉着的腔调里感到亲切。这些诗所说的,在笔者看来,可以说是爱自由的知识分子的悲哀。我们且来念念这些诗。开宗明义是这一首:

> 是一件百家衣,矮窗上的纸
> 苇子杆上稀稀拉拉的雪
> 松香琥珀的灯光为什么凄凉?
> 几千年,几万年,隔这一层薄纸

  天气温和点，还有人认识我
  父母生我在没落的书香门第

有一条注解：

  一辈子没有种过地，也没有收过租，只挨着人家碗边上吃这一口饭。我小的时候，乡下人吃白米，豆腐，青菜，养几只猪，一大窝鸡。现在吃糠，享四大皆空自由。老觉得这口饭是赊来吃的。

  诗里的"百家衣"，就是"这口饭是赊来吃的"。纸糊在"苇子杆子"上，矮矮的窗，雪落在窗上，屋里是黄黄的油灯光。读书人为什么这样"凄凉"呢？他老在屋里跟街上人和乡下人隔着；出来了，人家也还看待他是特殊的一类人。他孤单，他寂寞，他是在命定的"没落"了。这够多"凄凉"呢！
  但是他并非忘怀那些比自己苦的人。请念第十九首：

  在乡下，我们把肚子贴在地上
  糊涂的天就压在我们的背上
  老呱说："天你怎么那么高呀？"
  抬头一看，他果然比树还高
  树上有山头，山头上还有树
  老天爷，多给点儿好吃吃的吧。

  这一首没有注解，确也比较好懂。"肚子贴在地上"是饿瘪了，"天高皇帝远"，谁来管你！但是还只有求告"老天爷"多给点儿吃的！——北平话似乎不说"好吃吃的"，"好吃的"也跟"吃的"不同。读书人，知识分子，也想到改革上，这是第三首：

> 明天到那儿？大路的尽头在那儿？
> 这一排杨树，空心的，腆着肚子，
> 扬起破烂的衣袖，把路遮断啦
> 纸灯儿摇摆，小驴儿，咦，拐弯啦。
> 黑朦朦的踏着癞蛤蟆求婚的拍子
> 走到岔路上，大车呢，许是往西啦

注解是：

十年前，芦沟桥还没有听到枪声，我仿佛已经想到现在的局面。在民族求生存的途径上，我宁愿像老戆赶大车，不开坦克车。

诗里"明天"和"大路"自然就是"民族求生存的途径"，"把路遮断"的"一排杨树"大概是在阻碍着改革的那些家伙罢。"纸灯儿"，黑暗里一点光明；"小驴儿"拐弯抹角的慢慢的走着夜路，"癞蛤蟆想吃天鹅肉"，"知其不可而为之"，大概会跟着"大车""往西"的，"往西"就是西化。"往西"是西化，得看注解才想得到，单靠诗里的那个"西"字的暗示是不够的。这首诗似乎只说到个人的自由的努力；但是诗里念不出那"宁愿"的味儿。个人的自由的努力的最高峰是"创造"。第六首的后三行是：

> 脚底下的地要跳，像水煮开啦

> 鱼刚出水，毒龙刚醒来抖擞
> 活火的刀山上跳舞，我要创造

注解里引易卜生的话，"在美里死。"陆先生慨叹着"书香门第"的自己，慨叹着"乡下"的人，讥刺着"帮闲的"，怜惜着"孩子"，终于强调个人的"创造"，这是"明天"的"大路"。这条"路"也许就是将"大众"的和他"经验隔断"的罢？

《杂样的五拍诗》正是"创造"，"创造"了一种"真正的白话诗"。照陆先生自己声明的而论，他是成功了的。但是在一般的读者，这些诗恐怕是晦涩难懂的多；即使看了注解，恐怕还是不成罢。"难写"，不错，这比别的近代作风的诗更难，因为要巧妙的运用老百姓的腔调。但是麻烦的还在难懂。当然这些诗可以诉诸少数人，可是"跟老百姓学"而只诉诸少数人，似乎又是矛盾。这里"经验隔断"说明了一切。现在是有了不容忽视的"大众"，"大众"的经验跟个人的是两样。什么是"大众诗"，我们虽然还不知道，但是似乎已经在试验中，在创造中。大概还是得"做诗如说话"，就是明白如话。不过倒不必像一种方言，因为方言的词汇和调子实在不够用；明白如话的"话"该比嘴里说的丰富些，而且该不断地丰富起来。这就是已经在"大众"里成长的"活的语言"；比起这种话来，方言就显得呆板了。至于陆先生在《用韵》那篇文里说的轻重音，韵的通押，押韵形式，句尾韵等，是还值得大家参考运用的。

第二部分

人生的一角

背　影

　　我与父亲不相见已二年余了，我最不能忘记的是他的背影。那年冬天，祖母死了，父亲的差使也交卸了，正是祸不单行的日子，我从北京到徐州，打算跟着父亲奔丧回家。到徐州见着父亲，看见满院狼藉的东西，又想起祖母，不禁簌簌地流下眼泪。父亲说，"事已如此，不必难过，好在天无绝人之路！"

　　回家变卖典质，父亲还了亏空；又借钱办了丧事。这些日子，家中光景很是惨淡，一半为了丧事，一半为了父亲赋闲。丧事完毕，父亲要到南京谋事，我也要回北京念书，我们便同行。

　　到南京时，有朋友约去游逛，勾留了一日；第二日上午便须渡江到浦口，下午上车北去。父亲因为事忙，本已说定不送我，叫旅馆里一个熟识的茶房陪我同去。他再三嘱咐茶房，甚是仔细。但他终于不放心，怕茶房不妥帖；颇踌躇了一会。其实我那年已二十岁，北京已来往过两三次，是没有什么要紧的了。他踌躇了一会，终于决定还是自己送我去。我两三回劝他不必去；他只说，"不要紧，他们去不好！"

　　我们过了江，进了车站。我买票，他忙着照看行李。行李太多了，得向脚夫行些小费，才可过去。他便又忙着和他们讲价钱。我那时真是聪明过分，总觉他说话不大漂亮，非自己插嘴不可。

但他终于讲定了价钱；就送我上车。他给我拣定了靠车门的一张椅子；我将他给我做的紫毛大衣铺好坐位。他嘱我路上小心，夜里要警醒些，不要受凉。又嘱托茶房好好照应我。我心里暗笑他的迂；他们只认得钱，托他们只是白托！而且我这样大年纪的人，难道还不能料理自己么？唉，我现在想想，那时真是太聪明了！

我说道，"爸爸，你走吧。"他望车外看了看，说，"我买几个橘子去。你就在此地，不要走动。"我看那边月台的栅栏外有几个卖东西的等着顾客。走到那边月台，须穿过铁道，须跳下去又爬上去。父亲是一个胖子，走过去自然要费事些。我本来要去的，他不肯，只好让他去。我看见他戴着黑布小帽，穿着黑布大马褂，深青布棉袍，蹒跚地走到铁道边，慢慢探身下去，尚不大难。可是他穿过铁道，要爬上那边月台，就不容易了。他用两手攀着上面，两脚再向上缩；他肥胖的身子向左微倾，显出努力的样子。这时我看见他的背影，我的泪很快地流下来了。我赶紧拭干了泪，怕他看见，也怕别人看见。我再向外看时，他已抱了朱红的橘子望回走了。过铁道时，他先将橘子散放在地上，自己慢慢爬下，再抱起橘子走。到这边时，我赶紧去搀他。他和我走到车上，将橘子一股脑儿放在我的皮大衣上。于是扑扑衣上的泥土，心里很轻松似的，过一会说，"我走了；到那边来信！"我望着他走出去。他走了几步，回过头看见我，说，"进去吧，里边没人。"等他的背影混入来来往往的人里，再找不着了，我便进来坐下，我的眼泪又来了。

近几年来，父亲和我都是东奔西走，家中光景是一日不如一日。他少年出外谋生，独力支持，做了许多大事。那知老境却如此颓唐！他触目伤怀，自然情不能自已。情郁于中，自然要发之于外；家庭琐屑便往往触他之怒。他待我渐渐不同往日。但最近两年的不见，他终于忘却我的不好,只是惦记着我,惦记着我的儿子。我北来后,他写了一信给我,信中说道,"我身体平安,惟膀子疼痛利害,举箸提笔,诸多不便,大约大去之期不远矣。"我读到此处,在晶莹的泪光中,又看见那肥胖的,青布棉袍,黑布马褂的背影。唉!我不知何时再能与他相见!

1925年10月在北京

你　我 [a]

现在受过新式教育的人，见了无论生熟朋友，往往喜欢你我相称。这不是旧来的习惯而是外国语与翻译品的影响。这风气并未十分通行，一般社会还不愿意采纳这种办法——所谓粗人一向你呀我的，却当别论。有一位中等学校校长告诉人，一个旧学生去看他，左一个"你"，右一个"你"，仿佛用指头点着他鼻子，真有些受不了。在他想，只有长辈该称他"你"，只有太太和老朋友配称他"你"。够不上这个份儿，也来"你"呀"你"的，倒像对当差老妈子说话一般，岂不可恼！可不是，从前小说里"弟兄相呼，你我相称"，也得够上那份儿交情才成。而俗语说的"你我不错"，"你我还这样那样"，也是托熟的口气，指出彼此的依赖与信任。

同辈你我相称，言下只有你我两个，旁若无人；虽然十目所视，十手所指，视他们的，指他们的，管不着。杨震在你我相对的时候，会想到你我之外的"天知地知"，真是一个玄远的托辞，亏他想得出。常人说话称你我，却只是你说给我，我说给你，别人听见也罢，不听见也罢，反正说话的一点儿没有想着他们那些不相干的。自

---

[a] 原载 1933 年 10 月 10 日《文学》第 1 卷第 4 号。

然也有时候"取瑟而歌",也有时候"指桑骂槐",但那是话外的话或话里的话,论口气却只对着那一个"你"。这么着,一说你我,你我便从一群人里除外,单独地相对着。离群是可怕又可怜的,只要想想大野里的独行,黑夜里的独处就明白。你我既甘心离群,彼此便非难解难分不可;否则岂不要吃亏?难解难分就是亲昵;骨肉是亲昵,结交也是个亲昵,所以说只有长辈该称"你",只有太太和老朋友配称"你"。你我相称者,你我相亲而已。然而我们对家里当差老妈子也称"你",对街上的洋车夫也称"你",却不是一个味儿。古来以"尔汝"为轻贱之称;就指的这一类。

但轻贱与亲昵有时候也难分,譬如叫孩子为'狗儿',叫情人为"心肝",明明将人比物,却正是亲昵之至。而长辈称晚辈为"你",也夹杂着这两种味道——那些亲谊疏远的称"你",有时候简直毫无亲昵的意思,只显得辈分高罢了。大概轻贱与亲昵有一点相同;就是,都可以随随便便,甚至于动手动脚。

生人相见不称"你"。通称是"先生",有带姓不带姓之分;不带姓好像来者是自己老师,特别客气,用得少些。北平人称"某爷","某几爷",如"冯爷","吴二爷",也是通称,可比"某先生"亲昵些。但不能单称"爷",与"先生"不同。"先生原是老师,"爷"却是"父亲";尊人为师犹之可,尊人为父未免吃亏太甚。(听说前清的太监有称人为"爷"的时候,那是刑余之人,只算例外。)至于"老爷",多一个"老"字,就不会与父亲相混,所以仆役用以单称他的主人,旧式太太用以单称她的丈夫。女的通称"小姐","太太","师母",却都带姓;"太太","师母"更其如此。因为单称"太太",自己似乎就是老爷,单称"师母",自己似乎就是门生,所以非带姓不可。"太太"是北方的通称,南方人却嫌官僚气;"师母"是南方的通称,北方人却嫌头巾气。

女人麻烦多，真是无法奈何。比"先生"亲近些是"某某先生"，"某某兄"，"某某"是号或名字；称"兄"取其仿佛一家人。再进一步就以号相称，同时也可称"你"。在正式的聚会里，有时候得称职衔，如"张部长"，"王经理"；也可以不带姓，和"先生"一样；偶尔还得加上一个"贵"字，如"贵公使"。下属对上司也得称职衔。但像科员等小角色却不便称衔，只好屈居在"先生"一辈里。

仆役对主人称"老爷"，"太太"，或"先生"，"师母"，与同辈分别的，一律不带姓。他们在同一时期内大概只有一个老爷，太太，或先生，师母，是他们衣食的靠山；不带姓正所以表示只有这一对儿才是他们的主人。对于主人的客，却得一律带姓；即使主人的本家，也得带上号码儿，如"三老爷"，"五太太"。——大家庭用的人或两家合用的人例外。"先生"本可不带姓，"老爷"本是下对上的称呼，也常不带姓，女仆称"老爷"，虽和旧式太太称丈夫一样，但身分声调既然各别，也就不要紧。仆役称"师母"，决无门生之嫌，不怕尊敬过分；女仆称"太太"，毫无疑义，男仆称"太太"，与女仆称"老爷"同例。晚辈称长辈，有"爸爸"，"妈妈"，"伯伯"，"叔叔"等称。自家人和近亲不带姓，但有时候带号码儿；远亲和父执，母执，都带姓，干亲带"干"字，如"干娘"；父亲的盟兄弟，母亲的盟姊妹，有些人也以自家人论。

这种种称呼，按刘半农先生说，是"名词替代代词"，但也可说是他称替代对称。不称"你"而称"某先生"，是将分明对面的你变成一个别人：于是乎对你说的话，都不过是关于"他"的。这么着，你我间就有了适当的距离，彼此好提防着；生人间说话提防着些，没有错儿。再则一般人都可以称你"某先生"，我也跟着称"某先生"。正见得和他们一块儿，并没有单独挨近你身边去。

所以"某先生"一来，就对面无你，旁边有人。这种替代法的效用，因所代的他称广狭而转移。譬如"某先生"，谁对谁都可称，用以代"你"，是十分"敬而远之"，又如"某部长"，只是僚属对同官与长官之称，"老爷"只是仆役对主人之称，敬意过于前者，远意却不及；至于"爸爸""妈妈"，只是弟兄姊妹对父母的称，不象前几个名字可以移用在别人身上，所以虽不用"你"，还觉得亲昵，但敬远的意味总免不了有一些；在老人家前头要象在太太或老朋友前头那么自由自在，到底是办不到的。

　　北方话里有个"您"字，是"你"的尊称，不论亲疏贵贱全可用，方便之至。这个字比那拐弯抹角的替代法干脆多了，只是南方人听不进去，他们觉得和"你"也差不多少。这个字本是闭口音，指众数；"你们"，两字就从此出。南方人多用"你们"代"你"。用众数表尊称，原是语言常例。指的既非一个，你旁边便仿佛还有些别人和你亲近的，与说话的相对着；说话的天然不敢侵犯你，也不敢妄想亲近你。这也还是个"敬而远之"。湘北人尊称人为"你家"，"家"字也表众数，如"人家""大家"可见。

　　此外还有个方便的法子，就是利用呼位，将他称与对称拉在一块儿。说话的时候先叫声"某先生"或别的，接着再说"你怎样怎样"；这么着好象"你"字儿都是对你以外的"某先生"说的，你自己就不会觉得唐突了。这个办法上下一律通行。在上海，有些不三不四的人问路，常叫一声"朋友"，再说"你"；北平老妈子彼此说话，也常叫声"某姐"，再"你"下去——她们觉得这么称呼倒比说"您"亲昵些。但若说"这是兄弟你的事"，"这是他爸爸你的责任"，"兄弟""你"，"他爸爸""你"简直连成一串儿，与用呼位的大不一样。这种口气只能用于亲近的人。第一例的他称意在加重全句的力量，表示虽与你亲如弟兄，这件事却得你自己办，不能推给别人。第二例因"他"而及"你"，用他称意在提醒你的身分，也是加重那个句子；好像说你我虽亲近，这件事却该由做他爸爸的你，而不由做自己的朋友的你负责任；所以也不能推给别人。又有对称在前他称在后的；但除了"你先生"，"你老兄"还有敬远之意以外，别的如"你太太"，"你小姐"，"你张三"，"你这个人"，"你这家伙"，"你这位先生"，"你这该死的"，"你这没良心的东西"，却都是些亲口埋怨或破口大骂的话。"你先生"，"你老兄"的"你"不重读，别的"你"都是重读的。"你张三"直呼姓名，好像听话的是个远哉遥遥的生人，因为只有毫无关系的人，才能直呼姓名；可是加上"你"字，却变了亲昵与轻贱两可之间。近指形容词"这"，加上量词"个"，成为"这个"，都兼指人与物，说"这个人"和说"这个碟子"，一样地带些无视的神气在指点着。加上"该死的"，"没良心的"，"家伙"，"东西"，无视的神气更足。只有"你这位先生"稍稍客气些，不但因为那"先生"，并且因为那量词"位"字。"位"指"地位"，用以称人，指那有某种地位的，就与常人有别。至于"你老"，"你老人家"，"老人家"是众数，"老"是敬辞——老人常受人尊重。但"你老"用得少些。

　　最后还有省去对称的办法，却并不如文法书里所说，只限于祈使语气，也不限于上辈对下辈的问语或答语，或熟人间偶然的问答语：如"去吗"，"不去"之类。有人曾遇见一位颇有名望的省议会议长，随意谈天儿。那议长的说话老是这样的：

　　　　去过北京吗？
　　　　在那儿住？
　　　　觉得北京怎么样？

几时回来的？

始终没有用一个对称，也没有用一个呼位的他称，仿佛说到一个不知是谁的人。那听话的觉得自己没有了，只看见俨然的议长。可是偶然要敷衍一两句话，而忘了对面人的姓，单称"先生"又觉不值得的时候，这么办却也可以救眼前之急。

生人相见也不多称"我"。但是单称"我"只不过傲慢，仿佛有点儿瞧不起人，却没有那过分亲昵的味儿，与称你我的时候不一样。所以自称比对称麻烦少些。若是不随便称"你"，"我"字尽可麻麻糊糊通用；不过要留心声调与姿态，别显出拍胸脯指鼻尖的神儿。若是还要谨慎些，在北方可以说"咱"，说"俺"，在南方可以说"我们"；"咱"和"俺"原来也都是闭口音，与"我们"同是众数。自称用众数，表示听话的也在内，"我"说话，像是你和我或你我他联合宣言；这么着，我的责任就有人分担，谁也不能说我自以为是了。也有说"自己"的，如"只怪自己不好"，"自己没主意，怨谁！"但同样的句子用来指你我也成。至于说"我自己"，那却是加重的语气，与这个不同。又有说"某人"，"某某人"的，如张三说，"他们老疑心这是某人做的，其实我一点也不知道。"这个"某人"就是张三，但得随手用"我"字点明。若说"张某人岂是那样的人！"却容易明白。又有说"人"，"别人"，"人家"，"别人家"的；如，"这可叫人怎么办？""也不管人家死活。"指你我也成。这些都是用他称（单数与众数）替代自称，将自己说成别人；但都不是明确的替代，要靠上下文，加上声调姿态，才能显出作用，不象替代对称那样。而其中如"自己"，"某人"，能替代"我"的时候也不多，可见自称在我的关系多，在人的关系少，老老实实用"我"字也无妨，所以历来并不十分费心思去找替代的名词。

演说称"兄弟","鄙人","个人"或自己名字,会议称"本席",也是他称替代自称,却一听就明白。因为这几个名词,除"兄弟"代"我",平常谈话里还偶然用得着之外,别的差不多都已成了向公众说话专用的自称。"兄弟","鄙人",全是谦词,"兄弟"亲昵些;"个人"就是"自己",称名字不带姓,好像对尊长说话。——称名字的还有仆役与幼儿。仆役称名字兼带姓,如"张顺不敢"。幼儿自称乳名,却因为自我观念还未十分发达,听见人家称自己乳名,也就如法炮制,可教大人听着乐,为的是"像煞有介事"。——"本席"指"本席的人",原来也该是谦称,但以此自称的人往往有一种诡诡然的声调姿态,所以反觉得傲慢了。这大约是"本"字作怪。从"本总司令"到"本县长",虽也是以他称替代自称,可都是告诫下属的口气,意在显出自己的身分,让他们知所敬畏。这种自称用的机会却不多。对同辈也偶然有要自称职衔的时候,可不用"本"字而用"敝"字。但"司令"可"敝","县长"可"敝","人"却"敝"不得;"敝人"是凉薄之人,自己骂得未免太苦了些。同辈间也可用"本"字,是在开玩笑的当儿,如"本科员","本书记","本教员",取其气昂昂的,有俯视一切的样子。

他称比"我"更显得傲慢的还有;如"老子","咱老子","大爷我","我某几爷","我某某某"。老子本非同辈相称之词,虽然加上众数的"咱",似乎只是壮声威,并不为的分责任。"大爷","某几爷"也都是尊称,加在"我"上,是增加"我"的气焰的。对同辈自称姓名,表示自己完全是个无关系的陌生人;本不如此,偏取了如此态度,将听话的远远地推开去,再加上"我",更是神气。这些"我"字都是重读的。但除了"我某某某",那几个别的称呼大概是丘八流氓用得多。他称也有比"我"显得亲昵的。如对儿女自称"爸爸","妈",说"爸爸疼你","妈在这儿,别害怕"。对他们称"我"的太多了,对他们称"爸爸","妈"的却只有两个人,他们最亲昵的两个人。所以他们听起来,"爸爸","妈"比"我"鲜明得多。幼儿更是这样;他们既然还不甚懂得什么是"我",用"爸爸","妈"就更要鲜明些。听了这两个名字,不用捉摸,立刻知道是谁而得着安慰,特别在他们正专心一件事或者快要睡觉的时候。若加上"你",说"你爸爸""你妈",没有"我",只有"你的",让大些的孩子听了,亲昵的意味更多。对同辈自称"老某",如"老张",或"兄弟我",如"交给兄弟我办吧,没错儿",也是亲昵的口气。"老某"本是称人之词。单称姓,表示彼此非常之熟,一提到姓就会想起你,再不用别的,同姓的虽然无数,而提到这一姓,却偏偏只想起你。"老"字本是敬辞,但平常说笑惯了的人,忽然敬他一下,只是惊他以取乐罢了;姓上加"老"字,原来怕不过是个玩笑,正和"你老先生","你老人家"有时候用作滑稽敬语一样。日子久了,不觉得,反变成"熟得很"的意思。于是自称"老张",就是"你熟得很的张",不用说,顶亲昵的。

"我"在"兄弟"之下,指的是做兄弟的"我",当然比平常的"我"客气些,但既有他称,还用自称,特别着重那个"我",多少免不了自负的味儿。这个"我"字也是重读的。用"兄弟我"的也以江湖气的人为多。自称常可省去,或因叙述的方便,或因答语的方便,或因避免那傲慢的字。

"他"字也须因人而施,不能随便用。先得看"他"在不在旁边儿。还得看"他"与说话的和听话的关系如何——是长辈,同辈,晚辈,还是不相干的,不相识的?北平有个"怹"字,用以指在旁边的别人与不在旁边的尊长;别人既在旁边听着,用个敬词，自然合式些。这个字本来也是闭口音，与"您"字同是众数，是"他们"所从出。可是不常听见人说；常说的还是"某先生"。也有称职衔，行业，身分，行次，姓名号的。"他"和"你""我"情形不同，在旁边的还可指认，不在旁边的必得有个前词才明白。前词也不外乎这五样儿。职衔如"部长"，"经理"。行业如店主叫"掌柜的"，手艺人叫"某师傅"，是通称；做衣服的叫"裁缝"，做饭的叫"厨子"，是特称。身分如妻称夫为"六斤的爸爸"，洋车夫称坐车人为"坐儿"，主人称女仆为"张妈"，"李嫂"。——"妈"，"嫂"，"师傅"都是尊长之称，却用于既非尊长，又非同辈的人，也许称"张妈"是借用自己孩子们的口气，称"师傅"是借用他徒弟的口气，只有称"嫂"才是自己的口气，用意都是要亲昵些。借用别人口气表示亲昵的，如媳妇随着他孩子称婆婆为"奶奶"，自己矮下一辈儿；又如跟着熟朋友用同样的称呼称他亲戚，如"舅母"，"外婆"等，自己近走一步儿，只有"爸爸"，"妈"，假借得极少。对于地位同的既可如此假借，对于地位低的当然更可随便些，反正谁也明白，这些不过说得好听罢了。——行次如称朋友或儿女用"老大"，"老二"；称男仆也常用"张二"，"李三"。称号在亲子间，夫妇间，朋友间最多，近亲与师长也常这么称。称姓名往往是不相干的人。有一回政府不让报上直称当局姓名；说应该称衔带姓，想来就是恨这个不相干的劲儿。又有指点似地说"这个人""那个人"的，本是疏远或轻贱之称。可是有时候不愿，不便，或不好意思说出一个人的身分或姓名，也用"那个人"。这里头却有很亲昵的，如要好的男人或女人，都可称"那个人"。至于"这东西"，"这家伙"，"那小子"，是更进一步；爱憎同辞，只看怎么说出。又有用泛称的，如"别怪人"，"别怪人家"，"一个人别太不知足"，"人到底是人"。但既是泛称，指你我也未尝不可。又有用虚称的，如"他说某人不好，某人不好"，"某人"虽确有其人，却不定是谁，而两个"某人"所指也非一人。还有"有人"就是"或人"。用这个称呼有四种意思：一是不知其人，如"听说有人译这本书"。二是知其人而不愿明言，如"有人说您怎样"，这个人许是个大人物，自己不愿举出他的名字，以免矜夸之嫌。这个人许是个不甚知名的角色，提起来听话的未必知道，乐得不提省事。又如"有人说你的闲话"，却大大不同。三是知其人而不屑明言，如"有人在一家报纸上骂我"。四是其人或他的关系人就在一旁，故意"使子闻之"；如，"有人不乐意，我知道。""我知道，有人恨我，我不怕"。——这么着简直是挑战的态度了。又有前词与"他"字连文的，如"你爸爸他辛苦了一辈子，真是何苦来？"是加重的语气。

亲近的及不在旁边的人才用"他"字，但这个字可带有指点的神儿，仿佛说到的就在眼前一样。自然有些古怪，在眼前的尽管用"您"或别的向远处推；不在的却又向近处拉。其实推是为说到的人听着痛快；他既在一旁，听话的当然看得亲切；口头上虽向远处推无妨。拉却是为听话人听着亲切，让他听而如见。因此"他"字虽指你我以外的别人，也有亲昵与轻贱两种情调，并不含含糊糊地"等量齐观"。最亲昵的"他"，用不着前词，如流行甚广的"看见她"歌谣里的"她"字——一个多情多义的"她"字。这还是在眼前的。新婚少妇谈到不在眼前的丈夫，也往往没头没脑地说"他如何如何"，一面还红着脸儿。但如"管他，你走你的好了"，"他——他只比死人多口气"，就是轻贱的"他"了。不过这种轻贱的神儿若"他"不在一旁却只能从上下文看出；不像说"你"的时候永远可以从听话的一边直接看出。"他"字除人以外，也能用在别的生物及无生物身上，但只在孩子们的话里如此。指猫指狗用"他"是常事；指桌椅指树木也有用"他"的时候。譬如孩子让椅子绊了一跤，哇的哭了；大人可以将椅子打一下，说"别哭。是他不好。我打他"。孩子真会相信，回嗔作喜，甚至于也捏着小拳头帮着捶两下。孩子想着什么都是活的，所以随随便便地"他"呀"他"的，大人可就不成。大人说"他"，十回九回指人；别的只称名字，或说"这个"，"那个"，"这东西"，"这件事"，"那种道理"。但也有例外，像"听他去吧"，"管他成不成，我就是这么办"。这种"他"有时候指事不指人。还有个"彼"字，口语里已废而不用，除了说"不分彼此"，"彼此都是一样"。这个"彼"字不是"他"而是与"这个"相对的"那个"，已经在"人称"之外。

"他"字不能省略，一省就与你我相混，只除了在直截的答语里。

代词的三称都可用名词替代，三称的单数都可用众数替代，作用是"敬而远之"。但三称还可互代；如"大难临头，不分你我"，"他们你看我，我看你，一句话不说"，"你""我"就是"彼""此"。又如"此公人弃我取"，"我"是"自己"。又如论别人，"其实你去不去与人无干，我们只是尽朋友之道罢了。""你"实指"他"而言。因为要说得活灵活现，才将三人间变为二人间，让听话的更觉得亲切些。意思既指别人，所以直呼"你""我"；无需避忌。这都以自称对称替代他称。又如自己责备自己说："咳，你真糊涂！"这是化一身为两人。又如批评别人，"凭你说干了嘴唇皮，他听你一句才怪！""你"就是"我"，是让你设身处地替自己想。又如"你只管不动声色地干下去，他们知道我怎么办""我"就是"你"；是自己设身处地替对面人想。这都是着急的口气：我的事要你设想，让你同情我，你的事我代设想，让你亲信我。可不一定亲昵，只在说话当时见得彼此十二分关切就是了。只有"他"字，却不能替代"你""我"，因为那么着反把话说远了。

众数指的是一人与一人，一人与众人，或众人与众人，彼此间距离本远，避忌较少。但是也有分别；名词替代，还用得着。如"各位"，"诸位"，"诸位先生"，都是"你们"的敬词；"各位"是逐指，虽非众数而作用相同。代词名词连文，也用得着。如"你们这些人"，"你们这班东西"，轻重不一样，却都是责备的口吻。又如发牢骚的时候不说"我们"而说"这些人"，"我们这些人"，表示多多少少，是与众不同的人。但替代"我们"的名词似乎没有。又如不说"他们"而说"人家"，"那些位"，"这班东西"，"那班东西"。或"他们这些人"。三称众数的对峙，不像单数那样明白的鼎足而三。"我们"，"你们"，"他们"相对的时候并不多；说"我们"，常只与"你们"，"他们"二者之一相对着。这儿的"你们"包括"他们"，"他们"也包括"你们"；所以说"我们"的时候，实在只有两边儿。所谓"你们"，有时候不必全都对面，只是与对面的在某些点上相似的人；所谓"我们"，也不一定全在身旁，只是与说话的在某些点上相似的人。所以"你们"，"我们"之中，都有"他们"在内。"他们"之近于"你们"的，就收编在"你们"里；"他们"之近于"我们"的，就收编在"我们"里；于是"他们"就没有了。"我们"与"你们"也有相似的时候，"我们"可以包括"你们"，"你们"就没有了；只剩下"他们"和"我们"相对着。演说的时候，对听众可以说"你们"，也可以说"我们"。说"你们"显得自己高出他们之上，在教训着。说"我们"，自己就只在他们之中，在彼此勉励着。听众无疑地是愿意听"我们"的。只有"我们"，永远存在，不会让人家收编了去；因为没有"我们"，就没有了说话的人。"我们"包罗最广，可以指全人类，而与一

第二部分 人生的一角

129

切生物无生物对峙着。"你们","他们"都只能指人类的一部分;而"他们"除了特别情形,只能指不在眼前的人,所以更狭窄些。

北平自称的众数有"咱们","我们"两个。第一个发现这两个自称的分别的是赵元任先生。他在《爱丽丝漫游奇境记》的凡例里说:

"咱们"是对他们说的,听话的人也在内的。

"我们"是对你们或他们说的,听话的人不在内的。

赵先生的意思也许说,"我们"是对你们或(你们和)他们说的。这么着"咱们"就收编了"你们","我们"就收编了"他们"——不能收编的时峡,"我们"就与"你们","他们"成鼎足之势。这个分别并非必需,但有了也好玩儿,因为说"咱们"亲昵些,说"我们"疏远些,又多一个花样。北平还有个"俩"字,只指两个,"咱们俩","你们俩","他们俩",无非显得两个人更亲昵些,不带"们"字也成。还有"大家"是同辈相称或上称下之词,可用在"我们","你们","他们"之下。单用是所有相关的人都在内,加"我们"拉得近些,加"你们"推得远些,加"他们"更远些。至于"诸位大家",当然是个笑话。

代词三称的领位,也不能随随便便的。生人间还是得用替代,如称自己丈夫为"我们老爷",称朋友夫人为"你们太太",称别人父亲为"某先生的父亲"。但向来还有一种简便的尊称与谦称,如"令尊","令堂","尊夫人","令弟","令郎",以及"家父","家母","内人","舍弟","小儿"等等。"令"字用得最广,不拘那一辈儿都加得上。"尊"字太重,用处就少,"家"字只用于长辈同辈,"舍"字,"小"字只用于晚辈。熟人也有用通称而省去领位的,如自称父母为"老人家",——长辈对晚辈说他父母,也这么称——称朋友家里人为"老太爷","老太太","太太","少爷","小姐";可是没有称人家丈夫为"老爷"或"先生"的,只能称"某先生","你们先生"。此外有称"老伯","伯母","尊夫人"的,为的亲昵些,所省去的却非"你的"而是"我的"。更熟的人可称"我父亲","我弟弟","你学生","你姑娘",却并不大用"的"字。"我的"往往只用于呼位,如,"我的妈呀!""我的儿呀!""我的天呀!"被领位若不是人而是事物,却可随便些。……。[a] 北平还有一种特别称呼,也是关于自称领位的。譬如女的向人说:"你兄弟这样长那样短。""你兄弟"却是她丈夫;男的向人说:"你侄儿这样短,那样长。""你侄儿"却是他儿子。这也算对称替代自称,可是大规模的;用意可以说是"敬而近之"。因为"近",才直称"你"。被领位若是事物,领位除可用替代外,也有用"尊"字的,如"尊行"(行次),"尊寓",但少极;带滑稽味而上"尊"号的却多,如"尊口","尊须","尊靴","尊帽"等等。

外国的影响引我们抄近路,只用"你","我","他","我们","你们","他们",倒也是干脆的办法;好在声调姿态变化是无穷的。"他"分为三,在纸上也还有用,口头上却用不着;读"她"为"丨","它"或"牠"为"ㄊㄜ",大可不必,也行不开去。"它"或"牠"用得也太洋味儿,真别扭,有些实在可用"这个""那个"。再说代词用得太多,好些重复是不必要的;而领位"的"字也用得太滥点儿[b]。

---

a 此处有删减。

b 二十二年暑中看《马氏文通》,杨遇夫先生《高等国文法》,刘半农先生《中国文法讲话》,胡适之先生《文存》里的《尔汝篇》,对于人称代词有些不成系统的意见,略加整理,写成此篇。但所论只现代口语所用为限,作文写信用的;以及念古书时所遇见的,都不在内。

团体生活[a]

有人说，中国社会只是一盘散沙；有社会实质的绝少，只可称为"群众"罢了。因为有能力，有生机的社会，总要有细密的组织，健全的活动力，而中国社会很少具备这两个条件的。所以社会的效率便不能增进；而个人的效率也因之减少了。你看，我们的社会里所有的事，百分之八九十都是照例而行，新事业的创发，何其少呢？就使有人开了一个新的端倪，不是旋被摧残，就是横遭搁置，成功的又何其凤毛麟角呢？这可以深思其故了。

有心人"怒焉忧之"，于是在教育上提倡"群育"，想从根本上设法，培养我们后一代人的团体生活的习惯和能力；俾将来的社会有充实的基础和健全的发展。这是近几年来的事；我佩服他们能见其大。但实施群育，却不容易！中国家庭的势力太大；在普通的人，家庭便是一切，便是全世界，在一般青年，家庭也有笼罩他们的力量；他们大部分的习性都在家庭里养成，他们在家庭里最长久，所见所闻，自以家庭里为较亲切，而对于家庭以外，就不免疏隔了！疏隔就不关心了！这种青年，群觉是有的，但太狭了，太束缚定了，不能遂其自然地发展，现在要转移他们已成

---

[a] 原载 1924 年《春晖》第 36 期。

的性习，使他们注意于大群的生活，这自然不是能一蹴而就的！还有，我前面提起过，我们的社会太散漫了，太没有活力了，也不能示范于青年人，使他们有所观感；那么，我们现在施行群育，是要无中生有地创作起来的，这自然要很大的力量了！群育本来是不容易的，在现在的中国，尤其是难上加难！

群性原是一种本能，人人都具有；群觉却因人而异，有广狭深浅之分。群育的目的，便是要培养一种深而广的群觉，替代那浅而狭的。在提倡群育之前，一般学校里的德育往往偏重个体的修养，对于群体，只消极的求大家能守那静的秩序而已；群体的机能的发展，是不曾顾着的。那时学校的办事人，百凡以"只求无事"为主，学生的动，他们是最怕的；他们以为一动就不稳了。他们不重群体发展的结果，是很明白的；个体也得不着正当的发展，所保存的，只是一些德育之形式而已。须知群体没有好好的发展，无论如何美丽的信条或严厉的教训，对于个体，都不能发生多大效力的！而且学校原来就是一个群体，一个社会；并非如一般人所想，只是具体而微的群体，只是预备的社会！惟其学校就是社会，所以群育是一日不可无的，而非专为"将来"应用计；惟其学校就是社会，所以群育须在群的生活里直接体验，而非纸上谈兵，可以了事。且我们虽大吹大擂地抬出群育的名字，群育却实在并没有什么神奇之处；群育的意义，只是要叫大家知道并且觉得两件事：一，在社会中做事的方法，必如何才最有效率？二，在社会中对人的态度，必如何才最能相安？只是要叫大家知道并且觉得，做事的第一要义，须忠实而有条理；做人的第一要义，须诚恳而富同情。有了这两个信条，才能有细密的组织和健全的活动力，才能有非群众的社会，才能有充实的，进步的团体生活。

我现在所要论的，是中等学校的群育，是中等学校的团体生活,我说的是中等学"校"的生活,并非只是中等学"生"的生活。这里我有一个意思,我很怀疑,一个学校应该是一个团体,而现在的学校却总是"一而二",教职员与学生俨然为对峙的两个部分!因此造成了许多隔膜,误会,是不用说的!在中等学校,差不多都是这种情形。我以为这是群育上一个根本的症结;不除了它,群育是无从讲起,行起的!因为教职员本居于指导的地位。现在却和学生分了家,还有什么指导可言?就是要去指导,自己在学生外面,不明学生生活的真相,又何从措手呢?又何能得着实效,帮助学生生活的进展呢?所以我说中等学"校"的生活,就是说师生通力合作,打成一片的生活。这实是群育的第一义。现在谈教育的,只知所教育的是学生,自己是施教育的人——自己是无须受教育的了,其实这是错的:世界上何尝有完人?自己教育是要终身以之的;随时改善自己,随地改善自己,这都是教育了。至于"教育者",自己受教育的机会更加多些;古语所谓"教学相长",便是这种意思。谈到群育,也正须如此。现在中等学校的教职员,据我所知,也正和学生一样,并没有深而广的群觉,并没有坚强的团体生活的习惯和能力。他们自己先是一盘散沙,如何能黏合学生,呵成一气呢?我是不赞成教职员与学生分家的;但我却相信,必须教职员先自能团结,然后才能使学生们与他们团结的。关于这一点,我想没有什么具体的方法;我只有两个希望:一,中学校聘请教职员,应该慎重,应该特别着眼于"志同道合"——"对于教育有信仰"——这一点上。二,我们教职员应该看了学校里散漫的情形而自觉,尤其应该看了学生散漫的形而自觉;自己教育自己,自己培养自己的团体生活的习惯和能力,自己联合起来,再去与学生联合起来;这样,学校便成了有生机的一个团体了。这第二个希望是尤其重要的!

中等学校学生的团体生活怎样呢？我且分层来说。说学生们完全没有团体生活，自然是不对的。他们上课，吃饭……都是在团体生活的形式内的。便除了这些形式，他们也还有许多团体生活，只是效率极小罢了。第一，他们有自然的群，或因乡谊而结合，或因友谊而结合，往往是颇强固的；而前者为尤多。但这种群不是有意的结合，只是自然的安排，所以是不自觉的。这种群没有一定的计划和目标，也没有显明的效率。所做的事，大抵是谈天，散步，聚食，游戏，以及通通有无之类，如是而已；至于研究学问，办理事务，是绝无仅有的！而这种群又带有排斥性，只少数人各自结合，对于此外的人，一例漠视或歧视，本省省立各校常常闹什么县界，有时连教职员也牵缠在内，波谲云诡，绵绵无已，甚至酿成风潮，便是一个显明的例了。——因友谊而结合的自然群，影响却没有如此之大；但以亲疏不同，也容易与其外的人误会，妒争，甚至各分门户，以私情妨害公谊。所以这种群在群育上积极的价值很少，消极的害处倒很多。遏抑自然是不应该也不可能的，只当因势利导，使成为自觉的，有计划的，并当扩充范围，使不以私情的联络为限——如研究学问，可以多少减除些我见；办理公共事务亦然——这样，慢慢可以去掉狭隘偏私之见，使之纯化。

第二，中等学校的学生也有一种大规模的组织，便是学生自治会。这是"五四"运动以后才有的。这自然是一个好气象，学生知道自己的责任了，能为自己努力了！但据我所知，自治会成绩好的却极少！"五四"的时候，学生团结起来，参预政治及一般社会的事，收获了很优的结果；但"五四"以后，他们回过头来，参预自己的事，却反觉艰难了。干事的操纵，权限的滥用——有些自治会并不重自治，却重在治人，治学校办事人——是常有的事，而纷争，怠惰之习的养成，更比比皆是，大抵有能力的学生便从事于妒争与握权，没有能力的学生便滋长他们的惰性；两者皆借自治会之名而行，结果却同床而异梦，仍然是散沙的局面！为什么"五四"之时如彼，"五四"之后却又如此呢？我想"五四"运动是全国合力以行的，风声所播，莫有二言，所以成事较易。其所以能至此，则又因目标甚大，又是破题儿第一遭，群众感情，一时奋兴，如火之燎原，不可复遏，于是任情而行，不计利害。所以严格的说，这次运动实多含群众性，而非全是有计划的，自治会便不同了，范围只有一校，目标又小，却又不是暂时的事；得有详密的永久的计划才行，得有长期的忍耐与努力才行。而一班中等学校学生，从未受过团体生活的训练，骤然与这种大规模的制度——制度与运动不同——交手，自然不能措置裕如，而呈"尾大不掉"之状了，他们何尝没有详明的计划？但大部分是些不能兑现的计划！他们没有普遍的不断的努力！总之，他们并不觉得自治会"真"是他们自己的，"真"是他们自己所必需的！这并不是自治会制度的不好，这是他们不会运用！我以为这种大规模的团体生活，有其存在的价值，但总须以自由组织的小团体为基础，才能有效。这层容后面再论。

在自治会之前，还有一种校友会制度，总算是师生合作的。但连已去职的教职员和已毕业的学生包括在内，规模是更大了！这些已离校的人，是分明不能负责的；在校的人受了这个暗示，也不免减轻了责任心。师生合作版原是很好的事：但因彼此不愿负责，所以也是徒存形式，并无实际。总之，在现在的中等学校里，校友会的目标实在觉得太大了，又太空了，便是在校的人也以为这不过是照例应有的东西，责任是很远的，可有可无的，比自治会又隔一层，决不曾有人觉着它是自己的东西！自治会没有小团体作基础，尚且不能应用，校友会更不用说了。但并非这制度的不好，也是显然的。

在自治会之后，有我们校里的协治会的制度。"协治"的意思，就是师生通力合作，打成一片的意思，这没有自治会的偏枯，没有校友会的空廓，自然是较好的办法，但行了好久，虽有些成绩，总是很少。最苦的是学生对于这个会，也是没有爱！他们并不曾觉着自己的责任，并不曾觉着这个会是自己的；和别校学生对于自治会或校友会一样！凡做一事，总须教师们督着；没有人督着，就没有人管了！这样，教师们负的责任未免太宽，而且趣味也要减少；实不合于协治的本旨。这种情形的原因，最重要的我想还是不曾有小团体的训练的缘故。

第三，我且来谈谈自由绍织的小团体，杜威讲"美国之民治的发展"，曾说及发展民治的方法，内中有一条是"私人自由组织的团体之发达"。他说：

> 美国民族有一种特别性质，就是私人结会的众多。从小孩子到老年人，从小学到大学，从极琐屑的宗旨到极重大的主张，从"旧邮票收集会"到"国际联盟会"：——没有没有会的。这些无数的结会，乃是民治国家各分子之间的一种绝妙黏土，这种私人自由结会的团体，有两层大功用：（1）养成国民组织能力……（2）这种私人的自由组织往往是改良社会政治先锋。……

杜威说的是民治的国家；但我想同样的原则可以应用到中等学校的生活。在现在中等学校里实施群育，要有良好的团体生活，第一要能够"细大不捐"。从前的教育者能见其大，而未能见其细，所以不能得着健全的团体的发展，我们现在当使学校里有许多许多教师组织的，学生组织的，教师学生共同组织的，自由的小团体，为大团体的基础，为团体生活的基础。这种小团体不必有什么伟大的目的，只须是一种共同的生活，便可为组织的核心。而且这种小团体，也不必一定很长久的，须看所持目的的性质如何；非协治会等大团体有永久的性质可比。现在学校里组织团体，大概总将"研究学术，联络感情"标为宗旨。这八个字真成了老生常谈了，真成了口头禅了！但真正能够做到这两项中的一项的，有多少呢？十分之八九，只是拿来装装门面吧了！我的意思，研究学术，固然是很好，但组织团体，却不一定是为了研究学术，非研究学术不能组织团体，实在是谬误的信条；结果每个团体都名为研究学术，每个团体实在都不研究学术，这又何苦来呢？还有，学术的范围是极广泛的，笼笼统统的说研究，究竟从何处下手，又怎样下手呢？下手的方法不曾晓得，还能研究什么？至于联络感情一句话，因无具体的目的可以从事，因无具体的事可做，大家接触的机会极少——除了开什么讨论章程会时嚣嚣一番，开什么照例的常会时默默一番之外，大家是没有彼此剖示心怀，解说性格的机会的！——所以也是只说而不行的。这样的团体自然难有效率了！我说的小团体，都要以具体的事为目的，而不以学术为限。我们可以共同去远足；我们可以共同去聚餐；我们可以共同练习英语；我们可以共同练习音乐；我们可以共同去写生；我们可以共同去演戏；我们可以共同去买书，大家各买不同的书，共同观看；我们可以共同去读书，大家同读一部书。或各读一部书，共同讨论或交互报告；……诸如此类，多多益善！这种团体以"事"为主，不以"人"为主，所以可久可暂，可合可分；凡事大家商量，不必有什么规则，章程。譬如远足，聚餐等事，原是一时的，不必说了；就是练习英语，共同读书，也可一单元一单元地做去。一单元完了，可以另行组织或解散。如共读一本书，读毕之后，再读他书亦可，另做别事亦可；彼此分开，另组新团体亦可。只是在一单元完毕之前，却不能自由分散。我想这一点限制总要有的；若说连这一点忍耐都没有，我想是不至于的。况且还有教师的劝导和同学的怂恿呢。说到教师的劝导，这是最要紧的。这种劝导应该就是参预，并非从外遥控。组织团体究竟比散漫的生活要麻烦些，若无教师的诱掖，学生自己也许很懒得去做的。教师应该常常造出机会来，造出困难来，使学生觉着有组织团体之必要与可能。这时教师即参加在内，共同进行，随时指示适当的方法。平常学生团体容易有界域，而以乡谊友谊自封；教师应该使平常不多接触的人，有合作的机会，使他们彼此认识，彼此了解，不致永为路人。这种小团体并不要固定，变化愈多愈好。这种小团体也有三层好处：（1）养成学生组织能力于不知不觉之中——从极简单切近处下手。（2）养成运用大规模组织之能力。（3）有紧要的事临时发生，可从容应付，不至张皇失措。——关于这种小组织，本校前曾有过"黄昏音乐会"成绩是很好的，正是一个有力的例。

　　第四，还有一层，最要紧的。学校本是个自然的群；为促进学生群觉的发展起见，才有上述种种有意的组织。我们一面固然应当努力于有意的组织，一面也不能忘了那自然的群生活。学生在学校中，无论愿意与否，无论觉得与否，总之，已是在过团体生活了。我们要知道那些有意的组织总是有间歇的，不能时时支配着我们；只有这自然的群生活是没有一刻间断的——我们一言一动，都在这个群生活之中。我们施行群育，直接的下手处便在这里。我们应该使我们对于这个自然的群有自觉；虽不能全部分，也要大部分。——这自然群与协治会等范围虽或相同，但方面却较多，如上课的事也包括在内；总称为"学校"的便是。要对于这种群有自觉，须从日常起居饮食，言语动作入手，使它们不悖于群德。这须教师真能与学生共同生活，常常顾着他们，启迪他们，矫正他们，更须养成同学互相纠缠的风气，自己省察的精神。譬如现在学生平日相处，往往互相嫉视或故视，以致吵闹打架，各存意见。各人之间如此，各班之间如此；还谈什么大组织小组织呢！这里真的需要教师不断的努力！从日常言动中施行群育，实在较自由的小组织尤其是根本切要的！

团体生活的信条便是群德。这本是很难列举的。据我所知，不外两种：（1）是同情，（2）是责任心；而（2）又是与（1）相连带的。所谓同情，分析言之，又有三端：即知人，信人，谅人。知人就是了解别人。了解别人，本不是容易的事，但因了常常的接触，总能做到一些。我们要常常留意我们同伴的能力，性情，长处短处，才可以帮助他或引他为帮助。信人是不轻易疑惑别人，不要过有深心和机心。别人做的事，与其疑其是恶意，不如信其是好意；这样自己安心，也可感动别人——即使他本来是有恶意的。不疑就是信；疑信之间，是没有两可的。但信人不是恶人，不如更进一步，信人是好人。这是大力量，要渐渐养成的。谅人是知人甘苦，是虚心，是无成见。能谅人才能与人共事，只坚执自己私见，只放任自己感情，事事凌人，事事想占上风，讨便宜，是不能得人同情的，是使人不能容受的！吵闹打架，因由于此；团体生活之不能进展，也由于此。能谅人而后能信人；能信人而后能知人。所以谅德是最要紧最要紧的！但却与"忍受"不同，忍受是客观的逼迫，"原谅""宽容"却是主观的宏达；这态度的一转变之间，关系却很大的。至于责任心，也可分析说之：（1）表现，（2）抗议，（3）劝勉。表现是尽自己所能，谋群体之发展。抗议是对于害恶的不容忍，重在对事，不重在对人。真能表现的人，是有热情的人，也必能抗议。现在我们对于恶事，因种种关系，常常忍受，敢怒而不敢言，敢言而不敢行；对于好事却倒不能尽力去做：这正是我们的卑怯！我们应该的是：一见到恶事应嫉恶如仇！劝勉是相互间的事，在对人劝与勉共做好事，我们不能独善其身；时时与人为善，与人共同表现，与人共同抗议，这样，才有团体生活的效率。

关于中等学校的群育，我已说得颇长了。我相信要一般社会有细密的组织和健全的活动力，非从中等学校下手不可，非先使中等学校有良好有效的团体生活不可！这需要师生的合作，从日常言动中涵养起去！

1924 年 11 月 16 日

赠　言

　　一个大学生的毕业之感是和中小学生不同的。他若不入研究院或留学，这便是学校生活的最后了。他高兴，为的已满足了家庭的愿望而成为堂堂的一个人。但也发愁，为的此后生活要大大地改变了，而且往往是不能预料的改变。在现下的中国尤其如此。一面想到就要走出天真的和平的园地而踏进五花八门的新世界去，也不免有些依恋彷徨。这种甜里带着苦味，或说苦里带着甜味，大学毕业诸君也许多多少少感染着吧。

　　然而这种欣慰与感伤都是因袭的，无谓的。"堂堂的一个人"若只知道"仰足以事父母，俯足以蓄妻子"，或只知道自得其乐，那是没多大意义的。至于低徊留连于不能倒流的年光，更是白费工夫。我们要冷静地看清自己前面的路。毕业在大学生是个献身的好机会。他在大学里造成了自己，这时候该活泼泼地跳进社会里去，施展起他的身手。在这国家多难之期，更该沉着地挺身前进，决无躲避徘徊之理。他或做自己职务，或做救国工作，或从小处下手，或从大处着眼，只要卖力气干都好。但单枪匹马也许只能守成；而且旧势力好像大漩涡，一个不小心便会滚下去。真正的力量还得大伙儿。

　　清华毕业的人渐渐多起来了，大伙儿同心协力，也许能开些新风气。有人说清华大学毕业生犯两种毛病：一是率真，二是瞧不起人。率真决不是毛病。所谓世故，实在太繁碎。处处顾忌，只能敷敷衍衍过日子；整日兜圈儿，别想向前走一步。这样最糟蹋人的精力，社会之所以老朽昏庸者以此。现在我们正需要一班率真的青年人，生力军，打开这个僵局。至于瞧不起人，也有几等。年轻人学了些本事，不觉沾沾自喜是一等。看见别人做事不认真，不切实，忍不住现点颜色，说点话，是一等。这些似乎都还情有可原。若单凭了"清华"的名字，那却不行；但相信这是不会有的。

1933 年 3 月

春晖的一月 [a]

去年在温州，常常看到本刊，觉得很是欢喜。本刊印刷的形式，也颇别致，更使我有一种美感。今年到宁波时，听许多朋友说，白马湖的风景怎样怎样好，更加向往。虽然于什么艺术都是门外汉，我却怀抱着爱"美"的热诚，三月二日，我到这儿上课来了。在车上看见"春晖中学校"的路牌，白地黑字的，小秋千架似的路牌，我便高兴。出了车站，山光水色，扑面而来，若许我抄前人的话，我真是"应接不暇"了。于是我便开始了春晖的第一日。

走向春晖，有一条狭狭的煤屑路。那黑黑的细小的颗粒，脚踏上去，便发出一种摩擦的噪音，给我多少轻新的趣味。而最系我心的，是那小小的木桥。桥黑色，由这边慢慢地隆起，到那边又慢慢的低下去，故看去似乎很长。我最爱桥上的栏杆，那变形的万纹的栏杆；我在车站门口早就看见了，我爱它的玲珑！桥之所以可爱，或者便因为这栏干哩。我在桥上逗留了好些时。这是一个阴天。山的容光，被云雾遮了一半，仿佛淡妆的姑娘。但三面映照起来，也就青得可以了，映在湖里，白马湖里，接着水光，却另有一番妙景。我右手是个小湖，左手是个大湖。湖有这样大，

---

[a] 原载 1924 年 4 月 16 日《春晖》第 27 期。

使我自己觉得小了。湖水有这样满,仿佛要漫到我的脚下。湖在山的趾边,山在湖的唇边;他俩这样亲密,湖将山全吞下去了。吞的是青的,吐的是绿的,那软软的绿呀,绿的是一片,绿的却不安于一片;它无端的皱起来了。如絮的微痕,界出无数片的绿;闪闪闪闪的,像好看的眼睛。湖边系着一只小船,四面却没有一个人,我听见自己的呼吸。想起"野渡无人舟自横"的诗,真觉物我双忘了。

好了,我也该下桥去了;春晖中学校还没有看见呢。弯了两个弯儿,又过了一重桥。当面有山挡住去路;山旁只留着极狭极狭的小径。挨着小径,抹过山角,豁然开朗;春晖的校舍和历落的几处人家,都已在望了。远远看去,房屋的布置颇疏散有致,决无拥挤、局促之感。我缓缓走到校前,白马湖的水也跟我缓缓的流着。我碰着丏尊先生。他引我过了一座水门汀的桥,便到了校里。校里最多的是湖,三面潺潺的流着;其次是草地,看过去芊芊的一片。我是常住城市的人,到了这种空旷的地方,有莫名的喜悦!乡下人初进城,往往有许多的惊异,供给笑话的材料;我这城里人下乡,却也有许多的惊异——我的可笑,或者竟不下于初进城的乡下人。闲言少叙,且说校里的房屋、格式、布置固然疏落有味,便是里面的用具,也无一不显出巧妙的匠意;决无笨伯的手泽。晚上我到几位同事家去看,壁上有书有画,布置井井,令人耐坐。这种情形正与学校的布置,自然界的布置是一致的。美的一致,一致的美,是春晖给我的第一件礼物。

有话即长,无话即短,我到春晖教书,不觉已一个月了。在这一个月里,我虽然只在春晖登了十五日(我在宁波四中兼课),但觉甚是亲密。因为在这里,真能够无町畦。我看不出什么界线,因而也用不着什么防备,什么顾忌;我只照我所喜欢的做就是了。

这就是自由了。从前我到别处教书时，总要做几个月的"生客"，然后才能坦然。对于"生客"的猜疑，本是原始社会的遗形物，其故在于不相知。这在现社会，也不能免的。但在这里，因为没有层叠的历史，又结合比较的单纯，故没有这种习染。这是我所深愿的！这里的教师与学生，也没有什么界限。在一般学校里，师生之间往往隔开一无形界限，这是最足减少教育效力的事！学生对于教师，"敬鬼神而远之"；教师对于学生，尔为尔，我为我，休戚不关，理乱不闻！这样两橛的形势，如何说得到人格感化？如何说得到"造成健全人格"？这里的师生却没有这样情形。无论何时，都可自由说话；一切事务，常常通力合作。校里只有协治会而没有自治会。感情既无隔阂，事务自然都开诚布公，无所用其躲闪。学生因无须矫情饰伪，故甚活泼有意思。又因能顺全天性，不遭压抑；加以自然界的陶冶；故趣味比较纯正。——也有太随便的地方，如有几个人上课时喜欢谈闲天，有几个人喜欢吐痰在地板上，但这些总容易矫正的。——春晖给我的第二件礼物是真诚，一致的真诚。

　　春晖是在极幽静的乡村地方，往往终日看不见一个外人！寂寞是小事；在学生的修养上却有了问题。现在的生活中心，是城市而非乡村。乡村生活的修养能否适应城市的生活，这是一个问题。此地所说适应，只指两种意思：一是抵抗诱惑，二是应付环境——明白些说，就是应付人，应付物。乡村诱惑少，不能养成定力；在乡村是好人的，将来一入城市做事，或者竟抵挡不住。从前某禅师在山中修道，道行甚高；一旦入闹市，"看见粉白黛绿，心便动了"。这话看来有理，但我以为其实无妨。就一般人而论，抵抗诱惑的力量大抵和性格、年龄、学识、经济力等有"相当"的关系。除经济力与年龄外，性格、学识，都可用教育的力量提高它，这样增加抵抗诱惑的力量。提高的意思，说得明白些，便是以高等的趣味替代低等的趣味；养成优良的习惯，使不良的动机不容易有效。用了这种方法，学生达到高中毕业的年龄，也总该有相当的抵抗力了；入城市生活又何妨？（不及初中毕业时者，因初中毕业，仍须续入高中，不必自己挣扎，故不成问题。）有了这种抵抗力，虽还有经济力可以作祟，但也不能有大效。前面那禅师所以不行，一因他过的是孤独的生活，故反动力甚大，一因他只知克制，不知替代；故外力一强，便"虎兕出于神"了！这岂可与现在这里学生的乡村生活相提并论呢？至于应付环境，我以为应付物是小问题，可以随时指导；而且这与乡村，城市无大关系。我是城市的人，但初到上海，也曾因不会乘电车而跌了一跤，跌得皮破血流；这与乡下诸公又差得几何呢？若说应付人，无非是机心！什么"逢人只说三分话，未可全抛一片心"，便是代表的教训。教育有改善人心的使命；这种机心，有无养成的必要，是一个问题。姑不论这个，要养成这种机心，也非到上海这种地方去不成；普通城市正和乡村一样，是没有什么帮助的。凡以上所说，无非要使大家相信，这里的乡村生活的修养，并不一定不能适应将来城市的生活。况且我们还可以举行旅行，以资调剂呢。况且城市生活的修养，虽自有它的好处；但也有流弊。如诱惑太多，年龄太小或性格未佳的学生，或者转易陷溺——那就不但不能磨练定力，反早早的将定力丧失了！所以城市生活的修养不一定比乡村生活的修养有效。——只有一层，乡村生活足以减少少年人的进取心，这却是真的！

说到我自己，却甚喜欢乡村的生活，更喜欢这里的乡村的生活。我是在狭的笼的城市里生长的人，我要补救这个单调的生活，我现在住在繁嚣的都市里，我要以闲适的境界调和它。我爱春晖的闲适！闲适的生活可说是春晖给我的第三件礼物！

　　我已说了我的"春晖的一月"；我说的都是我要说的话。或者有人说，赞美多而劝勉少，近乎"戏台里喝彩"！假使这句话是真的，我要切实声明：我的多赞美，必是情不自禁之故，我的少劝勉，或是观察时期太短之故。

1924 年 4 月 12 日夜作

冬 天

　　说起冬天，忽然想到豆腐。是一"小洋锅"（铝锅）白煮豆腐，热腾腾的。水滚着，像好些鱼眼睛，一小块一小块豆腐养在里面，嫩而滑，仿佛反穿的白狐大衣。锅在"洋炉子"（煤油不打气炉）上，和炉子都熏得乌黑乌黑，越显出豆腐的白。这是晚上，屋子老了，虽点着"洋灯"，也还是阴暗。围着桌子坐的是父亲跟我们哥儿三个。"洋炉子"太高了，父亲得常常站起来，微微地仰着脸，觑着眼睛，从氤氲的热气里伸进筷子，夹起豆腐，一一地放在我们的酱油碟里。我们有时也自己动手，但炉子实在太高了，总还是坐享其成的多。这并不是吃饭，只是玩儿。父亲说晚上冷，吃了大家暖和些。我们都喜欢这种白水豆腐；一上桌就眼巴巴望着那锅，等着那热气，等着热气里从父亲筷子上掉下来的豆腐。

　　又是冬天，记得是阴历十一月十六晚上，跟S君P君在西湖里坐小划子。S君刚到杭州教书，事先来信说："我们要游西湖，不管它是冬天。"那晚月色真好，现在想起来还像照在身上。本来前一晚是"月当头"；也许十一月的月亮真有些特别吧。那时九点多了，湖上似乎只有我们一只划子。有点风，月光照着软软的水波；当间那一溜儿反光，像新砑的银子。湖上的山只剩了淡淡的影子。山下偶尔有一两星灯火。S君口占两句诗道："数星灯火认渔村，淡墨轻描远黛痕。"我们都不大说话，只有均匀的桨声。我渐渐地快睡着了。P君"喂"了一下，才抬起眼皮，看见他在微笑。船夫问要不要上净寺去；是阿弥陀佛生日，那边蛮热闹的。到了寺里，殿上灯烛辉煌，满是佛婆念佛的声音，好像醒了一场梦。这已是十多年前的事了，S君还常常通着信，P君听说转变了好几次，前年是在一个特税局里收特税了，以后便没有消息。

在台州过了一个冬天，一家四口子。台州是个山城，可以说在一个大谷里。只有一条二里长的大街。别的路上白天简直不大见人；晚上一片漆黑。偶尔人家窗户里透出一点灯光，还有走路的拿着的火把；但那是少极了。我们住在山脚下。有的是山上松林里的风声，跟天上一只两只的鸟影。夏末到那里，春初便走，却好像老在过着冬天似的；可是即便真冬天也并不冷。我们住在楼上，书房临着大路；路上有人说话，可以清清楚楚地听见。但因为走路的人太少了，间或有点说话的声音，听起来还只当远风送来的，想不到就在窗外。我们是外路人，除上学校去之外，常只在家里坐着。妻也惯了那寂寞，只和我们爷儿们守着。外边虽老是冬天，家里却老是春天。有一回我上街去，回来的时候，楼下厨房的大方窗开着，并排地挨着她们母子三个；三张脸都带着天真微笑地向着我。似乎台州空空的，只有我们四人；天地空空的，也只有我们四人。那时是民国十年，妻刚从家里出来，满自在。现在她死了快四年了，我却还老记着她那微笑的影子。

无论怎么冷，大风大雪，想到这些，我心上总是温暖的。

动乱时代

这是一个动乱时代。一切都在摇荡不定之中，一切都在随时变化之中。人们很难计算他们的将来，即使是最短的将来。这使一般人苦闷；这种苦闷或深或浅的笼罩着全中国，也或厚或薄的弥漫着全世界。在这一回世界大战结束的前两年，就有人指出一般人所表示的幻灭感。这种幻灭感到了大战结束后这一年，更显著了；有我们中国尤其如此。

中国经过八年艰苦的抗战，一般人都挣扎地生活着。胜利到来的当时，我们喘一口气，情不自禁的在心头描画着三五年后可能实现的一个小康时代。我们也明白太平时代还遥远，所以先只希望一个小康时代。但是胜利的欢呼闪电似地过去了，接着是一阵阵闷雷响着。这个变化太快了，幻灭得太快了，一般人失望之余，不由得感到眼前的动乱的局势好像比抗战期中还要动乱些。再说这动乱是世界性的，像我们中国这样一个国家，大概没有足够的力量来控制这动乱；我们不能计算，甚至也难以估计，这动乱将到何时安定，何时才会出现一个小康时代。因此一般人更深沉地幻灭了。

中国向来有一治一乱相循环的历史哲学。机械的循环论，现代大概很少人相信了，然而广义地看来，相对地看来，治乱的起伏似乎可以说是史实，所谓广义的，是说不限于政治，如经济恐慌，也正是一种动乱的局势。所谓相对的，是说有大治大乱，有小治小乱；各个国家，各个社会的情形不同，却都有它们的治乱的起伏。

这里说治乱的起伏，表示人类是在走着曲折的路；虽然走着曲折的路，但是总在向着目标走上前去。我相信人类有目标，因此也有进步。每一回治乱的起伏，清算起来，这里那里多多少少总有些进展的。

但是人们一般都望治而不好乱。动乱时代望小康时代，小康时代望太平时代——真正的"太平"时代，其实只是一种理想。人类向着这个理想曲折地走着；所以曲折，便因为现实与理想的冲突。现实与理想都是人类的创造，在创造的过程中，不免试验与错误，也就不免冲突。现实与现实冲突，现实与理想冲突，理想与理想冲突，样样有。从一方面看，人生充满了矛盾；从另一方面看，矛盾中却也有一致的地方。人类在种种冲突中进展。

动乱时代中冲突更多，人们感觉不安，彷徨，失望，于是乎幻灭。幻灭虽然幻灭，可还得活下去。虽然活下去，可是厌倦着，诅咒着。于是摇头，皱眉毛，"没办法！没办法"的说着，一天天混过去。可是，这如果是一个常态的中年人，他还有相当的精力，他不会甘心老是这样混过去；他要活得有意思些。他于是颓废——烟，赌，酒，女人，尽情的享乐自己。一面献身于投机事业，不顾一切原则，只要于自己有利就干。反正一切原则都在动摇，谁还怕谁？只要抓住现在，抓住自己，管什么社会国家！古诗道："我躬不阅，遑恤我后！"可以用来形容这些人。

有些人也在幻灭之余活下去，可是憎恶着，愤怒着。他们不怕幻灭，却在幻灭的遗迹上建立起一个新的理想。他们要改造这个国家，要改造这个世界。这些人大概是青年多，青年人精力足，顾虑少，他们讨厌传统，讨厌原则；而现在这些传统这些原则既在动摇之中，他们简直想一脚踢开去。他们要创造新传统，新原则，新中国，新世界。他们也是不顾一切，却不是只为自己。他们自然也免不了试验与错误。试验与错误的结果，将延续动乱的局势，还是将结束动乱局势？这就要看社会上矫正的力量和安定的力量，也就是说看他们到底抓得住现实还是抓不住。

还有些人也在幻灭之余活下去，可是对现实认识着，适应着。他们渐渐能够认识这个动乱时代，并接受这个动乱时代。他们大概是些中年人，他们的精力和胆量只够守住自己的岗位，进行自己的工作。这些人不甘颓废，可也不能担负改造的任务，只是大时代一些小人物。但是他们谨慎地调整着种种传统和原则，忠诚地保持着那些。那些传统和原则，虽然有些人要踢开去，然而其中主要的部分自有它们存在的理由。因为社会是连贯的，历史是连贯的。一个新社会不能凭空从天上掉下，它得从历来的土壤里长出。社会的安定力固然在基层的衣食住，在中国尤其是农民的衣食住；可是这些小人物对于社会上层机构的安定，也多少有点贡献。他们也许抵不住时代潮流的冲击而终于失掉自己的岗位甚至生命，但是他们所抱持的一些东西还是会存在的。

以上三类人，只是就笔者自己常见到的并且相当知道的说，自然不能包罗一切。但这三类人似乎都是这动乱时代的主要分子。笔者希望由于描写这三类人可以多少说明了这时代的局势。他们或多或少的认识了现实，也或多或少的抓住了现实；那后两类人一方面又都有着或近或远或小或大的理想。有用的是这两类人。那颓废者只是消耗，只是浪费，对于自己，对于社会都如此。那投机者扰害了社会的秩序，而终于也归到消耗和浪费一路上。到处摇头苦脸说着"没办法"的人不过无益，这些人简直是有害了。改造者自然是时代的领导人，但希望他们不至于操之过切，欲速不达。调整者原来可以与改造者相辅为用，但希望他们不至于保守太过，抱残守缺。这样维持着活的平衡，我们可以希望比较快地走入一个小康时代。

1946年7月12—13日作

沉　默[a]

沉默是一种处世哲学，用得好时，又是一种艺术。

谁都知道口是用来吃饭的，有人却说是用来接吻的。我说满没有错儿；但是若统计起来，口的最多的（也许不是最大的）用处，还应该是说话，我相信。按照时下流行的议论，说话大约也算是一种"宣传"，自我的宣传。所以说话彻头彻尾是为自己的事。若有人一口咬定是为别人，凭了种种神圣的名字；我却也愿意让步，请许我这样说：说话有时的确只是间接地为自己，而直接的算是为别人！

自己以外有别人，所以要说话；别人也有别人的自己，所以又要少说话或不说话。于是乎我们要懂得沉默。你若念过鲁迅先生的《祝福》，一定会立刻明白我的意思。

一般人见生人时，大抵会沉默的，但也有不少例外。常在火车轮船里，看见有些人迫不及待似的到处向人问讯，攀谈，无论那是搭客或茶房，我只有羡慕这些人的健康；因为在中国这样旅行中，竟会不感觉一点儿疲倦！见生人的沉默，大约由于原始的恐惧，但是似乎也还有别的。假如这个生人的名字，你全然不熟悉，

---

a　具体写作时间不详。

你所能做的工作，自然只是有意或无意的防御——像防御一个敌人。沉默便是最安全的防御战略。你不一定要他知道你，更不想让他发现你的可笑的地方——一个人总有些可笑的地方不是？你只让他尽量说他所要说的，若他是个爱说的人。末了你恭恭敬敬和他分别。假如这个生人，你愿意和他做朋友，你也还是得沉默。但是得留心听他的话，选出几处，加以简短的，相当的赞词；至少也得表示相当的同意。这就是知己的开场，或说起码的知己也可。假如这个生人是你所敬仰的或未必敬仰的"大人物"，你记住，更不可不沉默！大人物的言语，乃至脸色眼光，都有异样的地方；你最好远远地坐着，让那些勇敢的同伴上前线去。——自然，我说的只是你偶然地遇着或随众访问大人物的时候。若你愿意专诚拜谒，你得另想办法；在我，那却是一件可怕的事。——你看看大人物与非大人物或大人物与大人物间谈话的情形，准可以满足，而不用从牙缝里迸出一个字。说话是一件费神的事，能少说或不说以及应少说或不说的时候，沉默实在是长寿之一道。至于自我宣传，诚哉重要——谁能不承认这是重要呢？——，但对于生人，这是白费的；他不会领略你宣传的旨趣，只暗笑你的宣传热；他会忘记得干干净净，在和你一鞠躬或一握手以后。

　　朋友和生人不同，就在他们能听也肯听你的说话——宣传。这不用说是交换的，但是就是交换的也好。他们在不同的程度下了解你，谅解你；他们对于你有了相当的趣味和礼貌。你的话满足他们的好奇心，他们就趣味地听着；你的话严重或悲哀，他们因为礼貌的缘故，也能暂时跟着你严重或悲哀。在后一种情形里，满足的是你；他们所真感到的怕倒是矜持的气氛。他们知道"应该"怎样做；这其实是一种牺牲，"应该"也"值得"感谢的。但是即使在知己的朋友面前，你的话也还不应该说得太多；同样的故事，情感，和警句，隽语，也不宜重复地说。《祝福》就是一个好榜样。你应该相当地节制自己，不可妄想你的话占领朋友们整个的心——你自己的心，也不会让别人完全占领呀。你更应该知道怎样藏匿你自己。只有不可知，不可得的，才有人去追求；你若将所有的尽给了别人，你对于别人，对于世界，将没有丝毫意义，正和医学生实习解剖时用过的尸体一样。那时是不可思议的孤独，你将不能支持自己，而倾仆到无底的黑暗里去。一个情人常喜欢说："我愿意将所有的都献给你！"谁真知道他或她所有的是些什么呢？第一个说这句话的人，只是表示自己的慷慨，至多也只是表示一种理想；以后跟着说的，更只是"口头禅"而已。所以朋友间，甚至恋人间，沉默还是不可少的。你的话应该像黑夜的星星，不应该像除夕的爆竹——谁稀罕那彻宵的爆竹呢？而沉默有时更有诗意。譬如在下午，在黄昏，在深夜，在大而静的屋子里，短时的沉默，也许远胜于连续不断的倦怠了的谈话。有人称这种境界为"无言之美"，你瞧，多漂亮的名字！——至于所谓"拈花微笑"，那更了不起了！

可是沉默也有不行的时候。人多时你容易沉默下去，一主一客时，就不准行。你的过分沉默，也许把你的生客惹恼了，赶跑了！倘使你愿意赶他，当然很好；倘使你不愿意呢，你就得不时的让他喝茶，抽烟，看画片，读报，听话匣子，偶然也和他谈谈天气，时局——只是复述报纸的记载，加上几个不能解决的疑问——，总以引他说话为度。于是你点点头，哼哼鼻子，时而叹叹气，听着。他说完了，你再给起个头，照样的听着。但是我的朋友遇见过一个生客，他是一位准大人物，因某种礼貌关系去看我的朋友。他坐下时，将两手笼起，搁在桌上。说了几句话，就止住了，两眼炯炯地直看着我的朋友。我的朋友窘极，好容易陆陆续续地找出一句半句话来敷衍。这自然也是沉默的一种用法，是上司对属僚保持威严用的。用在一般交际里，未免太露骨了；而在上述的情形中，不为主人留一些余地，更属无礼。大人物以及准大人物之可怕，正在此等处。至于应付的方法，其实倒也有，那还是沉默；只消照样笼了手，和他对看起来，他大约也就无可奈何了罢？

儿　女

　　我现在已是五个儿女的父亲了。想起圣陶喜欢用的"蜗牛背了壳"的比喻，便觉得不自在。新近一位亲戚嘲笑我说，"要剥层皮呢！"更有些悚然了。十年前刚结婚的时候，在胡适之先生的《藏晖室札记》里，见过一条，说世界上有许多伟大的人物是不结婚的；文中并引培根的话，"有妻子者，其命定矣。"当时确吃了一惊，仿佛梦醒一般；但是家里已是不由分说给娶了媳妇，又有甚么可说？现在是一个媳妇，跟着来了五个孩子；两个肩头上，加上这么重一副担子，真不知怎样走才好。"命定"是不用说了；从孩子们那一面说，他们该怎样长大，也正是可以忧虑的事。我是个彻头彻尾自私的人，做丈夫已是勉强，做父亲更是不成。自然，"子孙崇拜"，"儿童本位"的哲理或伦理，我也有些知道；既做着父亲，闭了眼抹杀孩子们的权利，知道是不行的。可惜这只是理论，实际上我是仍旧按照古老的传统，在野蛮地对付着，和普通的父亲一样。近来差不多是中年的人了，才渐渐觉得自己的残酷；想着孩子们受过的体罚和叱责，始终不能辩解——像抚摩着旧创痕那样，我的心酸溜溜的。有一回，读了有岛武郎《与幼小者》的译文，对了那种伟大的，沉挚的态度，我竟流下泪来了。去年父亲来信，问起阿九，那时阿九还在白马湖呢；信上说，

"我没有耽误你,你也不要耽误他才好。"我为这句话哭了一场;我为什么不像父亲的仁慈?我不该忘记,父亲怎样待我们来着!人性许真是二元的,我是这样地矛盾;我的心像钟摆似的来去。

你读过鲁迅先生的《幸福的家庭》么?我的便是那一类的"幸福的家庭"!每天午饭和晚饭,就如两次潮水一般。先是孩子们你来他去地在厨房与饭间里查看,一面催我或妻发"开饭"的命令。急促繁碎的脚步,夹着笑和嚷,一阵阵袭来,直到命令发出为止。他们一递一个地跑着喊着,将命令传给厨房里佣人;便立刻抢着回来搬凳子。于是这个说,"我坐这儿!"那个说,"大哥不让我!"大哥却说,"小妹打我!"我给他们调解,说好话。但是他们有时候很固执,我有时候也不耐烦,这便用着叱责了;叱责还不行,不由自主地,我的沉重的手掌便到他们身上了。于是哭的哭,坐的坐,局面才算定了。接着可又你要大碗,他要小碗,你说红筷子好,他说黑筷子好;这个要干饭,那个要稀饭,要茶要汤,要鱼要肉,要豆腐,要萝卜;你说他菜多,他说你菜好。妻是照例安慰着他们,但这显然是太迂缓了。我是个暴躁的人,怎么等得及?不用说,用老法子将他们立刻征服了;虽然有哭的,不久也就抹着泪捧起碗了。吃完了,纷纷爬下凳子,桌上是饭粒呀,汤汁呀,骨头呀,渣滓呀,加上纵横的筷子,欹斜的匙子,就如一块花花绿绿的地图模型。吃饭而外,他们的大事便是游戏。游戏时,大的有大主意,小的有小主意,各自坚持不下,于是争执起来;或者大的欺负了小的,或者小的竟欺负了大的,被欺负的哭着嚷着,到我或妻的面前诉苦;我大抵仍旧要用老法子来判断的,但不理的时候也有。最为难的,是争夺玩具的时候:这一个的与那一个的是同样的东西,却偏要那一个的;而那一个便偏不答应。在这种情形之下,不论如何,终于是非哭了不可的。这些事件自然不至于天天全有,但大致总有好些起。我若坐在家里看书或写什么东西,管保一点钟里要分几回心,或站起来一两次的。若是雨天或礼拜日,孩子们在家的多,那么,摊开书竟看不下一行,提起笔也写不出一个字的事,也有过的。我常和妻说,"我们家真是成日的千军万马呀!"有时是不但"成日",连夜里也有兵马在进行着,在有吃乳或生病的孩子的时候!

我结婚那一年,才十九岁。二十一岁,有了阿九;二十三岁,又有了阿菜。那时我正像一匹野马,哪能容忍这些累赘的鞍鞴,辔头,和缰绳?摆脱也知是不行的,但不自觉地时时在摆脱着。现在回想起来,那些日子,真苦了这两个孩子;真是难以宽宥的种种暴行呢!阿九才两岁半的样子,我们住在杭州的学校里。不知怎地,这孩子特别爱哭,又特别怕生人。一不见了母亲,或来了客,就哇哇地哭起来了。学校里住着许多人,我不能让他扰着他们,而客人也总是常有的;我懊恼极了,有一回,特地骗出了妻,关了门,将他按在地下打了一顿。这件事,妻到现在说起来,还觉得有些不忍;她说我的手太辣了,到底还是两岁半的孩子!我近年常想着那时的光景,也觉黯然。阿菜在台州,那是更小了;才过了周岁,还不大会走路。也是为了缠着母亲的缘故吧,我将她紧紧地按在墙角里,直哭喊了三四分钟;因此生了好几天病。妻说,那时真寒心呢!但我的苦痛也是真的。我曾给圣陶写信,说孩子们的折磨,实在无法奈何;有时竟觉着还是自杀的好。这虽是气愤的话,但这样的心情,确也有过的。后来孩子是多起来了,磨折也磨折得久了,少年的锋棱渐渐地钝起来了;加以增长的年岁增长了理性的裁制力,我能够忍耐了——觉得从前真是一个"不成材的父亲",如我给另一个朋友信里所说。但我的孩子们在幼小时,确比别人的特别不安静,我至今还觉如此。我想这大约还是由于我们抚育不得法；从前只一味地责备孩子，让他们代我们负起责任，却未免是可耻的残酷了！

　　正面意义的"幸福"，其实也未尝没有。正如谁所说，小的总是可爱，孩子们的小模样，小心眼儿，确有些教人舍不得的。阿毛现在五个月了，你用手指去拨弄她的下巴，或向她做趣脸，她便会张开没牙的嘴格格地笑，笑得像一朵正开的花。她不愿在屋里待着；待久了，便大声儿嚷。妻常说，"姑娘又要出去溜达了。"她说她像鸟儿般，每天总得到外面溜一些时候。闰儿上个月刚过了三岁，笨得很，话还没有学好呢。他只能说三四个字的短语或句子，文法错误，发音模糊，又得费气力说出；我们老是要笑他的。他说"好"字，总变成"小"字；问他"好不好？"他便说"小"，或"不小"。我们常常逗着他说这个字玩儿；他似乎有些觉得，近来偶然也能说出正确的"好"字了——特别在我们故意说成"小"字的时候。他有一只搪瓷碗，是一毛来钱买的；买来时，老妈子教给他，"这是一毛钱。"他便记住"一毛"两个字，管那只碗叫"一毛"，有时竟省称为"毛"。这在新来的老妈子，是必需翻译了才懂的。他不好意思，或见着生客时，便咧着嘴痴笑；我们常用了土话，叫他做"呆瓜"。他是个小胖子，短短的腿，走起路来，蹒跚可笑；若快走或跑，便更"好看"了。他有时学我，将两手叠在背后，一摇一摆的；那是他自己和我们都要乐的。他的大姊便是阿菜，已是七岁多了，在小学校里念着书。在饭桌上，一定得啰啰唆唆地报告些同学或他们父母的事情；气喘喘地说着，不管你爱听不爱听。说完了总问我："爸爸认识么？""爸爸知道么？"妻常禁止她吃饭时说话，所以她总是问我。她的问题真多：看电影便问电影里的是不是人？是不是真人？怎么不说话？看照相也是一样。不知谁告诉她，兵是要打人的。她回来便问，兵是人么？为什么打人？近来大约听了先生的话，回来又问张作霖的兵是帮谁的？蒋介石的兵是不是帮我们的？诸如此类的问题，每天短不了，常常闹得我不知怎样答才行。她和闰儿在一处玩儿，一大一小，不很合式，老是吵着哭着。但合式的时候也有：譬如这个往床底下躲，那个便钻进去追着；这个钻出来，那个也跟着——从这个床到那个床，只听见笑着，嚷着，喘着，真如妻所说，像小狗似的。现在在京的，便只有这三个孩子；阿九和转儿是去年北来时，让母亲暂时带回扬州去了。

阿九是欢喜书的孩子。他爱看《水浒》，《西游记》，《三侠五义》，《小朋友》等；没有事便捧着书坐着或躺着看。只不欢喜《红楼梦》，说是没有味儿。是的，《红楼梦》的味儿，一个十岁的孩子，哪里能领略呢？去年我们事实上只能带两个孩子来；因为他大些，而转儿是一直跟着祖母的，便在上海将他俩丢下。我清清楚楚记得那分别的一个早上。我领着阿九从二洋泾桥的旅馆出来，送他到母亲和转儿住着的亲戚家去。妻嘱咐说，"买点吃的给他们吧。"我们走过四马路，到一家茶食铺里。阿九说要熏鱼，我给买了；又买了饼干，是给转儿的。便乘电车到海宁路。下车时，看着他的害怕与累赘，很觉恻然。到亲戚家，因为就要回旅馆收拾上船，只说了一两句话便出来；转儿望望我，没说什么，阿九是和祖母说什么去了。我回头看了他们一眼，硬着头皮走了。后来妻告诉我，阿九背地里向她说："我知道爸爸欢喜小妹，不带我上北京去。"其实这是冤枉的。他又曾和我们说，"暑假时一定来接我啊！"我们当时答应着；但现在已是第二个暑假了，他们还在迢迢的扬州待着。他们是恨着我们呢？还是惦着我们呢？妻是一年来老放不下这两个，常常独自暗中流泪；但我有什么法子呢！想到"只为家贫成聚散"一句无名的诗，不禁有些凄然。

转儿与我较生疏些。但去年离开白马湖时,她也曾用了生硬的扬州话(那时她还没有到过扬州呢),和那特别尖的小嗓子向着我:"我要到北京去。"她晓得什么北京,只跟着大孩子们说罢了;但当时听着,现在想着的我,却真是抱歉呢。这兄妹俩离开我,原是常事,离开母亲,虽也有过一回,这回可是太长了;小小的心儿,知道是怎样忍耐那寂寞来着!

我的朋友大概都是爱孩子的。少谷有一回写信责备我,说儿女的吵闹,也是很有趣的,何至可厌到如我所说;他说他真不解。子恺为他家华瞻写的文章,真是"蔼然仁者之言"。圣陶也常常为孩子操心:小学毕业了,到什么中学好呢?——这样的话,他和我说过两三回了。我对他们只有惭愧!可是近来我也渐渐觉着自己的责任。我想,第一该将孩子们团聚起来,其次便该给他们些力量。我亲眼见过一个爱儿女的人,因为不曾好好地教育他们,便将他们荒废了。他并不是溺爱,只是没有耐心去料理他们,他们便不能成材了。我想我若照现在这样下去,孩子们也便危险了。我得计划着,让他们渐渐知道怎样去做人才行。但是要不要他们像我自己呢?这一层,我在白马湖教初中学生时,也曾从师生的立场上问过丏尊,他毫不踌躇地说,"自然啰。"近来与平伯谈起教子,他却答得妙,"总不希望比自己坏啰。"是的,只要不"比自己坏"就行,"像"不"像"倒是不在乎的。职业,人生观等,还是由他们自己去定的好;自己顶可贵,只要指导,帮助他们去发展自己,便是极贤明的办法。

予同说,"我们得让子女在大学毕了业,才算尽了责任。"SK[a]说,"不然,要看我们的经济,他们的材质与志愿;若是中学毕了业,

---

a SK 代指人名。

不能或不愿升学,便去做别的事,譬如做工人吧,那也并非不行的。"自然,人的好坏与成败,也不尽靠学校教育;说是非大学毕业不可,也许只是我们的偏见。在这件事上,我现在毫不能有一定的主意;特别是这个变动不居的时代,知道将来怎样?好在孩子们还小,将来的事且等将来吧。目前所能做的,只是培养他们基本的力量——胸襟与眼光;孩子们还是孩子们,自然说不上高的远的,慢慢从近处小处下手便了。这自然也只能先按照我自己的样子:"神而明之,存乎其人。"光辉也罢,倒霉也罢,平凡也罢,让他们各尽各的力去。我只希望如我所想的,从此好好地做一回父亲,便自称心满意。——想到那"狂人""救救孩子"的呼声,我怎敢不悚然自勉呢?

1928年6月24日晚写毕,北京清华园

"海阔天空"与"古今中外"

有一天，我和一位新同事闲谈。我偶然问道："你第一次上课，讲些什么？"他笑着答我，"我古今中外了一点钟！"他这样说明事实，且示谦逊之意。我从来不曾想到"古今中外"一个兼词可以作动词用，并且可以加上"了"字表时间的过去；骤然听了，很觉新鲜，正如吃刚上市的广东蚕豆。隔了几日，我用同样的问题问另一位新同事。他却说道："海阔天空！海阔天空！"我原晓得"海阔凭鱼跃，天空任鸟飞"的联语，——是在一位同学家的厅堂里常常看见的——但这样的用法，却又是第一次听到！我真高兴，得着两个新鲜的意思，让我对于生活的方法，能触类旁通地思索一回。

黄远生在《东方杂志》上曾写过一篇《国民之公毒》，说中国人思想笼统的弊病。他举小说里的例，文的必是琴棋书画无所不晓，武的必是十八般武艺件件精通！我想，他若举《野叟曝言》里的文素臣，《九尾龟》里的章秋谷，当更适宜，因为这两个都是文武全才！好一个文武"全"才！这"全"字儿竟成了"国民之公毒"！我们自古就有那"博学无所成名"的"大成至圣先师"，又有"一物不知，儒者之耻"的传统的教训，还有那"谈天雕龙"的邹衍之流，所以流风余韵，散播至今；大家变本加厉，以为凡是大好老必"上知天文，下识地理"，而"中学为体，西学为用"便是这大好老的另一面。"笼统"固然是"全"，"沟通""调和"也正是"全"呀！"全"来"全"去，"全"得乌烟瘴气，一塌糊涂！你瞧西洋人便聪明多了，他们悄悄地将"全知""全能"送给上帝，决不想自居"全"名；所以处处"算账"，刀刀见血，一点儿不含糊！——他们不懂得那八面玲珑的劲儿！

但是王尔德也说过一句话，貌似我们的公毒而实非；他要"吃尽地球花园里的果子"！他要享乐，他要尽量地享乐！他什么都不管！可是他是"人"，不像文素臣、章秋谷辈是妖怪；他是呆子，不像沟通中西者流是滑头。总之，他是反传统的。他的话虽不免夸大，但不如中国传统思想之甚；因为只说地而不说天。况且他只是"要"而不是"能"，和文素臣辈又是有别；"要"在人情之中，"能"便出人情之外了！"全知"，"全能"，或者真只有上帝一个；但"全"的要求是谁都有权利的——有此要求，才成其为"人生"！——还有易卜生"全或无"的"全"，那却是一把锋利的钢刀；因为是另一方面的，不具论。

但王尔德的要求专属于感觉的世界，我总以为太单调了。人生如万花筒，因时地的殊异，变化不穷，我们要能多方面的了解，多方面的感受，多方面的参加，才有真趣可言；古人所谓"胸襟"，"襟怀"，"襟度"，略近乎此。但"多方面"只是概括的要求：究竟能有若干方面，却因人的才力而异——我们只希望多多益善而已！这与传统的"求全"不同，"便是暗中摸索，也可知道吧"。这种胸襟——用此二字所能有的最广义——若要具体地形容，我想最好不过是采用我那两位新同事所说的："海阔天空"与"古今中外"！我将这两个兼词用在积极的意义上，或者更对得起它们些。——"古今中外"原是骂人的话，初见于《新青年》上，是钱玄同（？）先生造作的。后来周作人先生有一篇杂感，却用它的积极的意义，大概是论知识上的宽容的；但这是两三年前的事了，我于那篇文的内容已模糊了。

法朗士在他的《灵魂之探险》里说：

> 人之永不能跳出己身以外，实一真理，而亦即吾人最大苦恼之一。苟能用一八方观察之苍蝇视线，观览宇宙，或能用一粗鲁而简单之猿猴的脑筋，领悟自然，虽仅一瞬，吾人何所惜而不为？乃于此而竟不能焉。……吾人被锢于一身之内，不啻被锢于永远监禁之中。（据杨袁昌英女士译文，见《太平洋》四卷四号。）

蔼理斯在他的《感想录》中《自己中心》一则里也说：

> 我们显然都从自己中心的观点去看宇宙，看重我们自己所演的角色。（见《语丝》第十三期。）

这两种"说数"，我们可总称为"我执"——却与佛法里的"我执"不同。一个人有他的身心，与众人各异；而身心所从来，又有遗传，时代，周围，教育等等，尤其五花八门，千差万别。这些合而织成一个"我"，正如密密的魔术的网一样；虽是无形，而实在是清清楚楚，不易或竟不可逾越的界。于是好的劣的，乖的蠢的，村的俏的，长的短的，肥的瘦的，各有各的样儿，都来了，都来了。"把戏人人会变，各有巧妙不同"；正因各人变各人的把戏，才有了这大千世界呀。说到各人只会变自己的一套把戏，而且只自以为巧妙，自然有些："可怜而可气"；"谓天盖高"，"谓地盖厚"，区区的"我",真是何等区区呢!但是——哎呀,且住!亏得尚有"巧妙不同"一句注脚,还可上下其手一番;这"不同"二字正是灵丹妙药,千万不可忽略过去!我们的"我执",是由命运所决定,其实无法挽回;只有一层,"我"决不是由一架机器铸出来的,决不是从一副印板刷下来的,这其间有种种的不同,上文已约略又约略地拈出了——现在再要拈出一种不同:"我"之广狭是悬殊的!"我执"谁也免不了,也无须免得了,但所执有大有小,有深有浅,这其间却大有文章;所谓上下其手,正指此一关而言。

你想"顶天立地"是一套把戏,是一个"我","局天蹐地",或说"局促如辕下驹",如井底蛙,如磨坊里的驴子,也是一套把戏,也是一个"我"!这两者之间,相差有多少远呢?说得简截些,一是天,一是地;说得噜苏些,一是九霄,一是九渊;说得新鲜些,一是太阳,一是地球!世界上有些人读破万卷书,有些人游遍万里地,乃至达尔文之创进化说,爱因斯坦之创相对原理;但也有些人伏处穷山僻壤,一生只关在家里,亲族邻里之外,不曾见过人,自己方言之外,不曾听过话——天球,地球,固然与他们无干,英国,德国,皇帝,总统,金镑,银洋,也与他们丝毫无涉!他们之所以异于磨坊的驴子者,真是"几希"!也只是蒙着眼,整天儿在屋里绕弯儿,日行千里,足不出户而已。你可以说,这两种人也只是一样,横直跳不出如来佛——"自己!"——的掌心;他们都坐在"自己"的监里,盘算着"自己"的重要呢!是的,但你知道这两种人决不会一样!你我跳不出如来佛的掌心,孙悟空也跳不出他老人家的掌心;但你我能翻十万八千里的筋斗么?若说不能,这就不一样了!"不能"尽管"不能","不同"仍旧"不同"呀。

你想天地是怎样怎样的广大,怎样怎样的悠久!若用数字计算起来,只怕你画一整天的圈儿,也未必能将数目里所有的圈儿都画完哩！在这样的天地的全局里，地球已若一微尘，人更数不上了，只好算微尘之微尘吧！人是这样小，无怪乎只能在"自己"里绕圈儿。但是能知道"自己"的小，便是大了；最要紧是在小中求大！长子里的矮子到了矮子中，便是长子了，这便是小中之大。我们要做矮子中的长子，我们要尽其所能地扩大我们自己！我们还是变自己的把戏，但不仅自以为巧妙，还须自以为"比别人"巧妙；我们不但可在内地开一班小杂货铺，我们要到上海去开先施公司！

"我"有两方面，深的和广的。"自己中心"可说是深的一面；哲学家说的"自知"（Knowest thyself），道德学家说的"自私"——"利己"，也都可算入这一面。如何使得我的身子好？如何使得我的脑子好？我懂得些什么？我喜爱些什么？我做出些什么？我要些什么？怎样得到我所要的？怎样使我成为他们之中一个最重要的脚色？这一大串儿的疑问号，总可将深的"我"的面貌的轮廓说给你了；你再"自个儿"去内省一番，就有八九分数了。但你马上也就会发现，这深深的"我"并非独个儿待着，它还有个亲亲儿的，热热儿的伴儿哩。它俩你搂着我，我搂着你；不知谁给它们缚上了两只脚！就像三足竞走一样，它俩这样永远地难解难分！你若要开玩笑，就说它俩"狼狈为奸"，它俩亦无法自辩的。——可又来！究竟这伴儿是谁呢？这就是那广的"我"呀！我不是说过么？知道世界之大，才知道自己之小！所以"自知"必先要"知他"。兵法有云："知己知彼，百战百胜。"可以旁证此理。原来"我"即在世界中；世界是一张无大不大[a]的大网，"我"只是一个极微极微的结子；一发尚且会牵动全身，全网难道倒不能牵动一个细小的结子么？实际上，"我"是"极天下之赜"

---

[a] 这是一句土话，"极大"之意。

的!"自知"而不先"知他",只是聚在方隅,老死不相往来的办法;只是"不可以语冰"的"夏虫",井底蛙,磨坊里的驴子之流而已。能够"知他",才真有"自知之明";正如铁扇公主的扇子一样,要能放才能收呀。所知愈多,所接愈广;将"自己"散在天下,渗入事事物物之中看它的大小方圆,看它的轻重疏密,这才可以剖析毫芒地渐渐渐渐地认出"自己"的真面目呀。俗语说:"把你烧成了灰,我都认得你!"我们正要这样想:先将这个"我"一拳打碎了,碎得成了灰,然后随风飏举,或飘茵席之上,或堕溷厕之中[a],或落在老鹰的背上,或跳在珊瑚树的梢上,或藏在爱人的鬓边,或沾在关云长的胡子里,……然后再收灰入掌,抟灰成形,自然便须眉毕现,光采照人,不似初时"浑沌初开"的情景了!所以深的"我"即在广的"我"中,而无深的"我",广的"我"亦无从立脚;这是不做矮子,也不吹牛的道地老实话,所谓有限的无穷也。

在有限中求无穷,便是我们所能有的自由。这或者是"野马以被骑乘的自由为更多"[b]的自由,或者是"和猪有飞的自由一样"[c];但自由总和不自由不同,管他是白的,是黑的!说"猪有飞的自由",在半世纪前,正和说"人有飞的自由"一样。但半世纪后的我们,已可见着自由飞着的人了,虽然还是要在飞机或飞艇里。你或者冷笑着说,有所待而然!有所待而然!至多仍旧是"被骑乘的自由"罢了!但这算什么呢?鸟也要靠翼翅的呀!况且还有将来呢,还有将来的将来呢!就如上文所引法朗士的话:

---

a 范缜语:用在此处,与他的原意不尽同。
b 《西还》158页。
c 见《爱丽丝漫游奇境记》译本。

"倘若我们能够一刹那间用了苍蝇的多面的眼睛去观察天地……"[a] 目下诚然是做不到的,但竟有人去企图了!我曾见过一册日本文的书,——记得是《童谣の缀方》,卷首有一幅彩图,下面题着《苍蝇眼中的世界》(大意)。图中所有,极其光怪陆离;虽明知苍蝇眼中未必即是如此,而颇信其如此——自己仿佛飘飘然也成了一匹小小的苍蝇,陶醉在那奇异的世界中了!这样前去,谁能说法朗士的"倘若"永不会变成"果然"呢!——"语丝"拉得太长了,总而言之,统而言之,我们只是要变比别人巧妙的把戏,只是要到上海去开先施公司;这便是我们所能有的自由。"秀才不出门,能知天下事。"这种或者稍嫌旧式的了;那么,来个新的,"看世界面上"[b],我们来做个"世界民"吧——"世界民"(Cosmopolitan)者,据我的字典里说,是"无定居之人",又有"弥漫全世界","世界一家"等义;虽是极简单的解释,我想也就够用,恕不再翻那笨重的大字典了。

我"海阔天空"或"古今中外"了九张稿纸;尽绕着圈儿,你或者有些"头痛"吧?"只听楼板响,不见人下来!"你将疑心开宗明义第一节所说的"生活的方法",我竟不曾"思索"过,只冤着你,"青山隐隐水迢迢"地逗着你玩儿!不!别着急,这就来了也。既说"海阔天空"与"古今中外",又要说什么"方法",实在有些儿像左手望外推,右手又赶着望里拉,岂不可笑!但古语说得好,"大丈夫能屈能伸",我正可老着脸借此解嘲;况且一落言诠,总有边际,你又何苦斤斤较量呢?况且"方法"虽小,其中也未尝无大;这也是所谓"有限的无穷"也。说到"无

---

a 此处用周作人先生译文,见《自己的园地》181页。
b 《金瓶梅》中的此语,此处只取其辞。

穷",真使我为难!方法也正是千头万绪,比"一部十七史"更难得多多;虽说"大处着眼,小处下手",但究竟从何处下手,却着实费我踌躇!——有了!我且学着那李逵,从黑松林里跳了出来,挥动板斧,随手劈他一番便了!我就是这个主意!李逵决非吴用;当然不足语于丝丝入扣的谨严的论理的!但我所说的方法,原非斗胆为大家开方案,只是将我所喜欢用的东西,献给大家看看而已。这只是我的"到自由之路",自然只是从我的趣味中寻出来的;而在大宇长宙之中,无量数的"我"之内,区区的我,真是何等区区呢?而且我"本人"既在企图自己的放大,则他日之趣味,是否即今日之趣味,也殊未可知。所以此文也只是我姑妄言之,你姑妄听之;但倘若看了之后,能自己去思索一番,想出真个巧妙的方法,去做个"海阔天空"与"古今中外"的人,那时我虽觉着自己更是狭窄,非另打主意不可,然而总很高兴了;我将仰天大笑,到草帽从头上落下为止。

其实关于所谓"方法",我已露过些口风了:"我们要能多方面的了解,多方面的感受,多方面的参加,才有真趣可言。"

我现在做着教书匠。我做了五年教书匠了,真个腻得慌!黑板总是那样黑,粉笔总是那样白,我总是那样的我!成天儿浑淘淘的,有时对于自己的活着,也会惊诧。我想我们这条生命原像一湾流水,可以随意变成种种的花样;现在却筑起了堰,截断它的流,使它怎能不变成浑淘淘呢?所以一个人老做一种职业,老只觉着是"一种"职业,那真是一条死路!说来可笑,我是常常在想改业的;正如未来派剧本说的"换个丈夫吧"[a],我也不时地提着自己,"换个行当[b]吧!"我不想做官,但很想知道官是怎样做的。

---

a 宋春舫译的《换个丈夫罢》,曾载《东方杂志》。
b 职业也。

这不是一件容易事！《官场现形记》所形容的究竟太可笑了！况且现在又换了世界！《努力周刊》的记者在王内阁时代曾引汤尔和——当时的教育总长——的话："你们所论的未尝无理；但我到政府里去看看，全不是那么一回事！"（大意）"全不是那么一回事！"可见不入虎穴，焉得虎子！我于是想做个秘书，去看看官到底是怎样做的？因秘书而想到文书科科员：我想一个人赚了大钱，成了资本家，不知究竟是怎样活着的？最要紧，他是怎样想的？我们只晓得他有汽车，有高大的洋房，有姨太太，那是不够的。——由资本家而至于小伙计，他们又怎样度他们的岁月？银行的行员尽爱买马票，当铺的朝奉尽爱在夏天打赤膊——其余的，其余的我便有些茫茫了！我们初到上海，总要到大世界去一回。但上海有个五光十色的商世界，我们怎可不去逛逛呢？我于是想做个什么公司里的文书科科员，尝些商味儿。上海不但有个商世界，还有个新闻世界。我又想做个新闻记者，可以多看些稀奇古怪的人，稀奇古怪的事。此外我想做的事还多！戴着鲤艇的便帽，穿着蓝布衫裤的工人，拖着黄泥腿，衔着旱烟管的农人，扛着枪的军人，我都想做做他们的生活看。可是谈何容易；我不是上帝，究竟是没有把握的！这些都是非分的妄想，岂不和癞蛤蟆想吃天鹅肉一样！——话虽如此；"不问收获，只问耕耘"，也未尝不是一种解嘲的办法。况且退一万步讲，能够这样想想，也未尝没有淡淡的味儿，和"加力克"香烟一样的味儿。况且我们的上帝万一真个吝惜他的机会，我也想过了：我从今日今时起，努力要在"黑白生涯"中找寻些味儿，不像往日随随便便地上课下课，想来也是可以的！意大利Amicis的《爱的教育》里说有一位先生，在一个小学校里做了六十年的先生；年老退职之后，还时时追忆从前的事情：一闭了眼，就像有许多的孩子，许多的班级在眼前；

第二部分 人生的一角

偶然听到小孩的书声，便悲伤起来，说："我已没有学校没有孩子了！"ᵃ 可见天下无难事，只怕有心人！但我一面羡慕这位可爱的先生，一面总还打不断那些妄想；我的心不是一条清静的荫道，而是十字街头呀！

我的妄想还可以减价；自己从不能做"诸色人等"，却可以结交"诸色人等"的朋友。从他们的生活里，我也可以分甘共苦，多领略些人味儿；虽然到底不如亲自出马的好。《爱的教育》里说："只在一阶级中交际的人，恰和只读一册书籍的学生一样。"ᵇ 真是"有理呀有理"！现在的青年，都喜欢结识几个女朋友；一面固由于性的吸引，一面也正是要润泽这干枯而单调的生活。我的一位先生曾经和我们说：他有一位朋友，新从外国回到北京；待了一个多月，总觉有一件事使他心里不舒畅，却又说不出是什么事。后来有一天，不知怎样，竟被他发现了：原来北京的街上太缺乏女人！他觉得这样的生活，实在干燥无味！但单是女朋友，我觉得还是不够；我又常想结识些小孩子，做我的小朋友。有人说和孩子们做伴，和孩子们共同生活，会使自己也变成一个孩子，一个大孩子；所以小学教师是不容易老的。这话颇有趣，使我相信。我去年上半年和一位有着童心的朋友，曾约了附近一所小学校的学生，开过几回同乐会；大家说笑话，讲故事，拍七，吃糖果，看画片，都很高兴。后来暑假期到了，他们还抄了我们的地址，说要和我们通信呢。不但学龄儿童可以做我的朋友，便是幼稚园里的也可以的，而且更加有趣哩。且请看这一段：

终于，母亲逃出了庭间了。小孩们追到栏栅旁，脸

---

a 见该书译本第七卷。
b 见该书译本第七卷。

挡住了栅缝，把小手伸出，纷纷地递出面包呀，苹果片呀，牛油块等东西来。一齐叫说：

"再会，再会！明天再来，再请过来！"（见《爱的教育》译本第七卷内《幼儿院》中。）

倘若我有这样的小朋友，我情愿天天去呀！此外，农人，工人，也要相与些才好。我现在住在乡下，常和邻近的农人谈天，又曾和他们喝过酒，觉得另有些趣味。我又晓得在北京，上海的我的朋友的朋友，每天总找几个工人去谈天；我且不管他们谈的什么，只觉每天换几个人谈谈，是很使人新鲜的。若再能交结几个外国朋友，那是更别致了。从前上海中华世界语学会教人学世界语，说可以和各国人通信；后来有人非议他们，说世界语的价值岂就是如此的！非议诚然不错。但与各国人通信，到底是一件有趣的事呀！——还有一件，自己的妻和子女，若在别一方面作为朋友看时，也可得着新的启示的。不信么？试试看！

若你以为阶级的障壁不容易打破，人心的隔膜不容易揭开；你于是皱着眉，哑着嘴，说："要这样地交朋友，真是千难万难！"是的，但是——你太小看自己了，哪里就这样地不济事！也罢，我还有一套便宜些的变给你瞧瞧；这就叫做"知人"呀。交不着朋友是没法的，但晓得些别人的"闲事"，总可以的；只须不尽着去自扫门前雪，而能多管些一般人所谓"闲事"，就行了。我所谓"多管闲事"，其实只是"参加"的别名。譬如前次上海日本纱厂工人大罢工，我以为是要去参加的；或者帮助他们，或者只看看那激昂的实况，都无不可。总之，多少知道了他们，使自己与他们间多少有了关系，这就得了。又如我的学生和报馆打官司，我便要到法庭里去听审；这样就可知道法官和被告是怎样的人了。

又如吴稚晖先生，我本不认识的；但听过他的讲演，读过他的书，我便能约略晓得他了。——读书真是巧算盘！不但可以知今人，且可以知古人；不但可以知中国人，且可以知洋人。同样的巧算盘便是看报！看报可以遇着许多新鲜的问题，引起新鲜的思索。英国退还庚子赔款，始而说"用于教育的目的"，继而说"用于相互有益之目的"，——于是有该国的各工业联合会建议，痛斥中国教育之无效，主张用此款筑路——继而又说用于中等教育；德国新总统为什么会举出兴登堡将军，后事又如何呢？还有，"一夫多妻的新护符"和"新性道德"究竟是一是二呢？欧阳予倩的《回家以后》，到底是不是提倡东方道德呢？——这一大篇账都是从报上"过"过来的，毫不稀奇；但可以证明，看报的确是最便宜的办法，可以知道许多许多的把戏。

　　旅行也是刷新自己的一帖清凉剂。我曾做过一个设计：四川有三峡的幽峭，有栈道的蜿蜒，有峨眉的雄伟，我是最向慕的！广东我也想去得长久了。乘了香港的上山电车，可以"上天"[a]；而广州的市政，长堤，珠江的繁华，也使我心痒痒的！由此而北，蒙古的风沙，的牛羊，的天幕，又在招邀着我！至于红墙黄土的北平，六朝烟水气的南京，先施公司的上海，我总算领略过了。这样游了中国以后，便跨出国门：到日本看她的樱花，看她的富士；到俄国看列宁的墓，看第三国际的开会；到德国访康德的故居，听《月光曲》的演奏；到美国瞻仰巍巍的自由女神和世界第一的大望远镜。再到南美洲去看看那莽莽的大平原，到南非洲去看看那茫茫的大沙漠，到南洋群岛去看看那郁郁的大森林——于是浩然归国；若有机缘，再到北极去探一回险，看看冰天雪海，到底

---

[a] 刘半农《登香港太平山》诗中述他的"稚儿"的话："今日啊爹，携我上天。"见《新青年》八卷二号。

如何，那更妙了！梁绍文说得有理：

  我们不赞成别人整世的关在一个地方而不出来和世界别一部分相接触，倘若如此，简直将数万里的地球缩小到数英哩，关在那数英哩的圈子内就算过了一生，这未免太不值得！所以我们主张：能够遍游全世界，将世界上的事事物物都放在脑筋里的炽炉中锻炼一过，然后才能成为一种正确的经验，才算有世界的眼光。（《南洋旅行漫记》上册二五三页。）

  但在一钱不名的穷措大如我辈者，这种设计恐终于只是"过屠门而大嚼"而已；又怎样办呢？我说正可学胡，梁二先生开国学书目的办法，不妨随时酌量核减；只看能力如何。便是真个不名一钱，也非全无法想。听说日本的谁，因无钱旅行，便在室中绕着圈儿，口里只是叫着，某站到啦，某埠到啦；这样也便过了瘾。这正和孩子们挱瞎子一样：一个蒙了眼做瞎子，一个在前面用竹棒引着他，在室中绕行；这引路的尽喊着到某处啦，到某处啦的口号，彼此便都满足。正是，精神一到，何事不成！这种人却决非磨坊里的驴子；他们的足虽不出户，他们的心尽会日行千里！

  说到心的旅行，我想到《文心雕龙·神思篇》说的：

  古人云："形在江海之上，心存魏阙之下。"[a] 神思之谓也。……故寂然凝虑，思接千载；悄然动容，视通万里……

---

a 见《庄子》。

罗素论"哲学的价值",也说:

保存宇宙内的思辨(玄想)之兴趣,……总是哲学事业的一部。

或者它的最要之价值,就是它所潜思的对象之伟大,结果,便解脱了偏狭的和个人的目的。

哲学的生活是幽静的,自由的。

本能利益的私世界是一个小的世界,搁在一个大而有力的世界中间,迟早必把我们私的世界,磨成粉碎。

我们若不扩大自己的利益,汇涵那外面的整个世界,就好像一个兵卒困在炮台里边,知道敌人不准逃跑,投降是不可避免的一样。

哲学的潜思就是逃脱的一种法门。(摘抄黄凌霜译《哲学问题》第十五章)

所谓神思,所谓玄想之兴味,所谓潜思,我以为只是三位一体,只是大规模的心的旅行。心的旅行决不以现有的地球为限!到火星去的不是很多么?到太阳去的不也有么?到太阳系外,和我们隔着三十万光年的星上去的不也有么?这三十万光年,是美国南加州威尔逊山绝顶上,口径百时之最大反射望远镜所能观测的世界之最远距离。"换言之,现在吾人一目之下所望见之世界,不仅现在之世界而已,三十余万年之大过去以来,所有年代均同时见之。历史家尝谓吾人由书籍而知过去,直忘却吾人能直接而见过去耳。"[a] 吾人固然能直接而见过去,由书籍而见过去,还能

---

[a] 《最近物理学概观》44—45页。

由岩石地层等而见过去，由骨殖化石等而见过去。目下我们所能见的过去，真是悠久，真是伟大！将现在和它相比，真是大海里一根针而已！姑举一例：德国的谁假定地球的历史为二十四点钟，而人类有历史的时期仅为十分钟；人类有历史已五千年了，一千年只等于二分钟而已！一百年只等于十二秒钟而已！十年只等于一又十分之二秒而已！这还是就区区的地球而论呢。若和全宇宙的历史（人能知道么？）相较量，那简直是不配！又怎样办呢？但毫不要紧！心尽可以旅行到未曾凝结的星云里，到大爬虫的中生代，到类人猿的脑筋里；心究竟是有些儿自由的。不过旅行要有向导；我觉《最近物理学概观》，《科学大纲》，《古生物学》，《人的研究》等书都很能胜任的。

　　心的旅行又不以表面的物质世界为限！它用实实在在的一支钢笔，在实实在在的白瑞典纸簿上一张张写着日记；它马上就能看出钢笔与白纸只是若干若干的微点，叫做电子的——各电子间有许多的空隙，比各电子的总积还大。这正像一张"有结而无线的网"[a]，只是这么空空的；其实说不上什么"一支"与"一张张"的！这么看时，心便旅行到物质的内院，电子的世界了。而老的物质世界只有三根台柱子（三次元），现在新的却添上了一根（四次元）；心也要去逛逛的。心的旅行并且不以物质世界为限！精神世界是它的老家，不用说是常常光顾的。意识的河流里，它是常常驶着一只小船的。但这个年头儿，世界是越过越多了。用了坐标轴作地基，竖起方程式的柱子，架上方程式的梁，盖上几何形体的瓦，围上几何形体的墙，这是数学的世界。将各种"性质的共相"（如"白""头"等概念）分门别类地陈列在一个极大的弯弯曲曲，

---

a　见罗素 A. B. C. of Atoms, P. 1。

层层叠叠的场上；在它们之间，再点缀着各种"关系的共相"（如"大""类似""等于"等概念）。这是论理的世界。将善人善事的模型和恶人恶事的分门别类陈列着的，是道德的世界。但所谓"模型"，却和城隍庙所塑"二十四孝"的像与十王殿的像绝不相同。模型又称规范，如"正义"，"仁爱"，"奸邪"等是——只是善恶的度量衡也；道德世界里，全摆着大大小小的这种度量衡。还是艺术的世界，东边是音乐的旋律，西边是跳舞的曲线，南边是绘画的形色，北边是诗歌的情韵。[a]——心若是好奇的，它必像唐三藏经过三十六国[b]一样，一一经过这些国土的。

更进一步说，心的旅行也不以存在的世界为限！上帝的乐园，它是要去的；阎罗的十殿，它也是要去的。爱神的弓箭，它是要看看的；孙行者的金箍棒，它也要看看的。总之，神话的世界，它要穿上梦的鞋去走一趟。它从神话的世界回来时，便道又可游玩童话的世界。在那里有苍蝇目中的天地，有永远不去的春天；在那里鸟能唱歌，水也能唱歌，风也能唱歌；在那里有着靴的猫，有在背心里掏出表来的兔子；在那里有水晶的宫殿，带着小白翼子的天使。童话的世界的那边，还有许多邻国，叫做乌托邦，它也可迁道一往观的。姑举一二给你看看。你知道吴稚晖先生是崇拜物质文明的，他的乌托邦自然也是物质文明的。他说，将来大同世界实现时，街上都该铺大红缎子。他在春晖中学校讲演时，曾指着"电灯开关"说：

科学发达了，我们讲完的时候，啤啼叭哒几声，要

---

[a] 大旨见 Marvin: History of European Philosophy 论 New Realism 节中；论共相处。据《哲学问题》译本第九章《共相的世界》。
[b] 据《大唐三藏取经诗话》。

到房里去的就到了房里，要到宁波的就到了宁波，要到杭州的就到了杭州：这也算不来什么奇事。（见《春晖》二十九期。）

呀！啤啼叭哒几声，心已到了铺着大红缎子的街上了！——若容我借了法朗士的话来说，这些正是"灵魂的冒险"呀。

上面说的都是"大头天话"，现在要说些小玩意儿，新新耳目，所谓能放能收也。我曾说书籍可作心的旅行的向导，现在就谈读书吧。周作人先生说他目下只想无事时喝点茶，读点新书。喝茶我是无可无不可，读新书却很高兴！读新书有如幼时看西洋景，一页一页都有活鲜鲜的意思；又如到一个新地方，见一个新朋友。读新出版的杂志，也正是如此，或者更闹热些。读新书如吃时鲜鲥鱼，读新杂志如到惠罗公司去看新到的货色。我还喜欢读冷僻的书。冷僻的书因为冷僻的缘故，在我觉着和新书一样；仿佛旁人都不熟悉，只我有此眼福，便高兴了。我之所以喜欢搜阅各种笔记，就是这个缘故。尺牍，日记等，也是我所爱读的；因为原是随随便便，老老实实地写来，不露咬牙切齿的样子，便更加亲切，不知不觉将人招了入内。同样的理由，我爱读野史和逸事；在它们里，我见着活泼泼的真实的人。——它们所记，虽只一言一动之微，却包蕴着全个的性格；最要紧的，包蕴着与众不同的趣味。旧有的《世说新语》，新出的《欧美逸话》，都曾给我满足。我又爱读游记；这也是穷措大替代旅行之一法，从前的雅人叫做"卧游"的便是。从游记里，至少可以"知道"些异域的风土人情；好一些，还可以培养些异域的情调。前年在温州师范学校图书馆中，翻看《小方壶斋舆地丛钞》的目录，里面全是游记，虽然已是过时货，却颇引起我的向往之诚。"这许多好东西哟！"尽这般地想着；

但终于没有勇气去借来细看，真是很可恨的！后来《徐霞客游记》石印出版，我的朋友买了一部，我又欲读不能！近顷《南洋旅行漫记》和《山野掇拾》出来了，我便赶紧买得，复仇似地读完，这才舒服了。我因为好奇，看报看杂志，也有特别的脾气。看报我总是先看封面广告的。一面是要找些新书，一面是要找些新闻；广告里的新闻，虽然是不正式的，或者算不得新闻，也未可知，但都是第一身第二身的，有时比第三身的正文还值得注意呢。譬如那回中华制糖公司董事的互讦，我看得真是热闹煞了！又如"印送安士全书"的广告，"读报至此，请念三声阿弥陀佛"的广告，真是"好聪明的糊涂法子"！看杂志我是先查补白，好寻着些轻松而隽永的东西：或名人的趣语，或当世的珍闻，零金碎玉，更见异彩！——请看"二千年前玉门关外一封情书"，"时新旦角戏"等标题[a]便知分晓。

我不是曾恭维看报么？假如要参加种种趣味的聚会，那也非看报不可。譬如前一两星期，报上登着世界短跑家要在上海试跑；我若在上海，一定要去看看跑是如何短法？又如本月十六日上海北四川路有洋狗展览会，说有四百头之多；想到那高低不齐的个儿，松密互映，纯驳争辉的毛片，或嘤嘤或呜呜或汪汪的吠声，我也极愿意去的。又我记得在《上海七日刊》上见过一幅法国儿童同乐会的摄影。摄影中济济一堂的满是儿童——这其间自然还有些抱着孩子的母亲，领着孩子的父亲，但不过二三人，容我用了四舍五入法，将他们略去吧。那前面的几个，丰腴圆润的庞儿，覆额的短发，精赤的小腿，我现在还记着呢。最可笑的，高高的房子，塞满了这些儿童，还空着大半截，大半截；若塞满了我们，空气一定是没有那么舒服的，便宜了空气了！这种聚会不用说是极使

---

[a] 都是《我们的六月》中补白的标题。

我高兴的！只是我便在上海，也未必能去；说来可恨恨！这里却要引起我别的感慨，我不说了。此外如音乐会、绘画展览会，我都乐于赴会的。四年前秋天的一个晚上，我曾到上海市政厅去听"中西音乐大会"；那几支广东小调唱得真入神，靡靡是靡靡到了极点，令人欢喜赞叹！而歌者隐身幕内，不露一丝色相，尤动人无穷之思！绘画展览会，我在北京，上海也曾看过几回。但都像走马看花似的，不能自知冷暖——我真是太外行了，只好慢慢来吧。我却最爱看跳舞。五六年前的正月初三的夜里，我看了一个意大利女子的跳舞：黄昏的电灯光映着她裸露的微红的两臂，和游泳衣似的粉红的舞装；那腰真软得可怜，和麦粉搓成的一般。她两手擎着小小的钹，钱孔里拖着深红布的提头；她舞时两臂不住地向各方扇动，两足不住地来往跳跃，钹声便不住地清脆地响着——她舞得如飞一样，全身的曲线真是瞬息万变，转转不穷，如闪电吐舌，如星星眨眼，使人目眩心摇，不能自主。我看过了，恍然若失！从此我便喜欢跳舞。前年暑假时，我到上海，刚碰着卡尔登影戏院开演跳舞片的末一晚，我没有能去一看。次日写信去"特烦"，却如泥牛入海；至今引为憾事！我在北京读书时，又颇爱听旧戏；因为究竟是"外江"人，更爱听旦角戏，尤爱听尚小云的戏，——但你别疑猜，我却不曾用这支笔去捧过谁。我并不懂戏词，甚至连情节也不甚仔细，只爱那宛转凄凉的音调和楚楚可怜的情韵。我在理论上也左袒新戏，但那时的北京实在没有可称为新戏的新戏给我看；我的心也就渐渐冷了。南归以后，新戏固然和北京是"一丘之貉"，旧戏也就每况愈下，毫无足观。我也看过一回机关戏，但只足以广见闻，无深长的趣味可言。直到去年，上海戏剧协社演《少奶奶的扇子》，朋友们都说颇有些意思——在所曾寓目的新戏中，这是得未曾有的。又实验剧社演《葡萄仙子》，也极负时誉；黎明辉女士所唱"可怜的秋香"一句，真是脍炙人口——便是不曾看过这戏的我，听人说了此句，也会有"一种薄醉似的感觉，超乎平常所谓舒适以上"[a]。——《少奶奶的扇子》，我也还无一面之缘——真非到上海去开先施公司不可！上海的朋友们又常向我称述影戏；但我之于影戏，还是"猪八戒吃人参果"[b]呢！也只好慢慢来吧。说起先施公司，我总想起惠罗公司。我常在报纸的后幅看见他家的广告，满幅画着新货色的图样，真是日本书店里所谓"诱惑状"[c]了。我想若常去看看新货色，也是一乐。最好能让我自由地鉴赏地看一回；心爱的也不一定买来，只须多多地，重重地看上几眼，便可权当占有了——朋友有新东西的时候，我常常把玩不肯释手，便是这个主意。

若目下不能到上海去开先施公司，或到上海而无本钱去开先施公司，则还有个经济的办法，我现在正用着呢。不过这种办法，便是开先施公司，也可同时采用的；因为我们原希望"多多益善"呀。现在我所在的地方，是没有绘画展览会；但我和人家借了左一册右一册的摄影集，画片集[d]，也可使我的眼睛饱餐一顿。我看见"群羊"[e]，在那淡远的旷原中，披着乳一样白，丝一样软的羽衣的小东西，真和浮在浅浅的梦里的仙女一般。我看见"夕云"[f]，地上是疏疏的树木，偃蹇欹侧作势，仿佛和天上的乱云负固似的；那云是层层叠叠的，错错落落的，斑斑驳驳的，使我觉得天是这样厚，

---

a 见叶圣陶《泪的徘徊》中。
b 食而不知其味也。
c 即新到书籍广告。
d 摄影集，画片集中的作品，都是复制的。
e 见《大风集》。
f 《夕云》，见日本写真杂志 Camera 第 1 卷，1921 年版。

这样厚的！我看见"五月雨"[a]，是那般蒙蒙密密的一片，三个模糊的日本女子，正各张着有一道白圈儿的纸伞，在台阶上走着，走上一个什么坛去呢；那边还有两个人，却只剩了影儿！我看见"现在与未来"[b]；这是一个人坐着，左手托着一个骷髅，两眼凝视着，右手正支颐默想着。这还是摄影呢，画片更是美不胜收了！弥爱的《晚祷》是世界的名作，不用说了。意大利 Gino 的名画《跳舞》[c]，满是跃着的腿儿，牵着的臂儿，并着的脸儿；红的，黄的，白的，蓝的，黑的，一片片地飞舞着——那边还攒动着无数的头呢。是夜的繁华哟！是肉的熏蒸哟！还有日本中泽弘光的《夕潮》[d]：红红的落照轻轻地涂在玲珑的水阁上；阁之前浅蓝的潮里，伫立着白衣编发的少女，伴着两只夭矫的白鹤；她们因水光的映射，这时都微微地蓝了；她只扭转头凝视那斜阳的颜色。又椎塚猪知雄的《花》[e]，三个样式不同，花色互异的精巧的瓶子，分插着红白各色的，大的小的鲜花，都丰丰满满的。另有一个细长的和一个荸荠样的瓶子，放在三个大瓶之前和之间；一高一矮，甚是别致，也都插着鲜花，只一瓶是小朵的，一瓶是大朵的。我说的已多了——还有图案画，有时带着野蛮人和儿童的风味，也是我所爱的。书中的插画，偶然也有很好的；如什么书里有一幅画，显示威斯敏斯特大寺的里面，那是很伟大的——正如我在灵隐寺的高深的大殿里一般。而房龙《人类的故事》中的插画，尤其别有心思，马上可以引人到他所画的天地中去。

---

[a] 《五月雨》，见日本写真杂志 Camera 第 1 卷 1921 年版。
[b] 见日本《写真界》6 卷 6 号。
[c] 《东方》19 卷 3 号。
[d] 平和纪念东京博览会美术馆出品。
[e] 日本第八回"二科展览会"出品。

我所在的地方，也没有音乐会。幸而有留声机，机片里中外歌曲乃至国语唱歌都有；我的双耳尚不至大寂寞的。我或向人借来自开自听，或到别人寓处去听，这也是"揩油"之一道了。大约借留声机，借画片，借书，总还算是雅事，不致像借钱一样，要看人家脸孔的（虽然也不免有例外）；所以有时竟可大大方方地揩油。自然，自己的油有时也当大大方方地被别人揩的。关于留声机，北平有零卖一法。一个人背了话匣子（即留声机）和唱片，沿街叫卖；若要买的，就喊他进屋里，让他开唱几片，照定价给他铜子——唱完了，他仍旧将那话匣子等用蓝布包起，背了出门去。我们做学生时，每当冬夜无聊，常常破费几个铜子，买他几曲听听：虽然没有佳片，却也算消寒之一法。听说南方也有做这项生意的人。——我所在的地方，宁波是其一。宁波 S 中学现有无线电话收音机，我很想去听听大陆报馆的音乐。这比留声机又好了！不但声音更是亲切，且花样日日翻新；二者相差，何可以道里计呢！除此以外，朋友们的箫声与笛韵，也是很可过瘾的；但这看似易得而实难，因为好手甚少。我从前有一位朋友，吹箫极悲酸幽抑之致，我最不能忘怀！现在他从外国回来，我们久不见面，也未写信，不知他还能来一点儿否？

内地虽没有惠罗公司，却总有古董店，尽可以对付一气。我们看看古瓷的细润秀美，古泉币的陆离斑驳，古玉的丰腴有泽，古印的肃肃有仪，胸襟也可豁然开朗。况内地更有好处，为五方杂处，众目具瞻的上海等处所不及的；如花木的趣味，盆栽的趣味便是。上海的匆忙使一般人想不到白鸽笼外还有天地；花是怎样美丽，树是怎样青青，他们似乎早已忘怀了！这是我的朋友郢君所常常不平的。"暮春三月，江南草长，杂花生树，群莺乱飞。"——这在上海人怕只是一场春梦吧！像我所在的乡间：芊芊的碧草踏在脚上软软的，正像吃樱花糖；花是只管开着，来了又去，来了又去——杨贵妃一般的木笔，红着脸的桃花，白着脸的绣球……好一个"香遍满，色遍满的花儿的都"[a]呀！上海是不容易有的！我所以虽向慕上海式的繁华，但也不舍我所在的白马湖的幽静。我爱白马湖的花木，我爱S家的盆栽——这其间有诗有画，我且说给你。一盆是小小的竹子，栽在方的小白石盆里；细细的杆子疏疏地隔着，疏疏的叶子淡淡地撇着，更点缀上两三块小石头；颇有静远之意。上灯时，影子写在壁上，尤其清隽可亲。另一盆是棕竹，瘦削的干子亭亭地立着；下部是绿绿的，上部颇劲健地坼着几片长长的叶子，叶根有细极细极的棕丝网着。这像一个丰神俊朗而蓄着微须的少年。这种淡白的趣味，也自是天地间不可少的。

天地间还有一种不可少的趣味，也是简便易得到的，这是"谈天"。——普通话叫做"闲谈"；但我以"谈天"二字，更能说出那"闲旷"的味儿！傅孟真先生在《心气薄弱之中国人》一评里，引顾宁人的话，说南方之学者，"群居终日，言不及义"；北方之学者，"饱食终日，无所用心"。他说"到了现在已经二百多年了，这评语仍然是活泼泼的"[b]"谈天"大概也只能算"不及义"的言；纵有"及义"的时候，也只是偶然碰到，并非立意如此。若立意要"及义"，那便不是"谈天"而是"讲荼"了。"讲荼"也有"讲荼"的意思，但非我所要说。"终日言不及义"，诚哉是无益之事；而且岂不疲倦？"舌敝唇焦"，也未免"穷斯滥矣"！不过偶尔"荼余酒后"，"月白风清"，约两个密友，吸着烟卷儿，尝着时新果子，促膝谈心，随兴趣之所至。时而上天，时而入地，时而论书，时而评画，时而纵谈时局，品鉴人伦，时而剖析玄理，

---

a 俞平伯诗。
b 见《新潮》1卷2号。

密诉衷曲……等到兴尽意阑，便各自回去睡觉；明早一觉醒来，再各奔前程，修持"胜业"，想也不致耽误的。或当公私交集，身心俱倦之后，约几个相知到公园里散散步，不愿散步时，便到绿荫下长椅上坐着；这时作无定向的谈话，也是极有意味的。至于"'辟克匿克'来江边"，那更非"谈天"不可！我想这种"谈天"，无论如何，总不能算是大过吧。人家说清谈亡了晋朝，我觉得这未免是栽赃的办法。请问晋人的清谈，谁为为之？孰令致之？——这且不说，我单觉得清谈也正是一种"生活之艺术"，只要有节制。有的如针尖的微触，有的如剪刀的一断；恰像吹皱一池春水，你的心便会这般这般了。"谈天"本不想求其有用，但有时也有大用；英哲洛克（Locke）的名著《人间悟性论》中述他著书之由——说有一日，与朋友们谈天，端绪愈引而愈远，不知所从来，也不知所届；他忽然惊异：人知的界限在何处呢？这便是他的大作最初的启示了。——这是我的一位先生亲口告诉我的。

　　我说海说天，上下古今谈了一番，自然仍不曾跳出我佛世尊——自己——的掌心，现在我还是卷旗息鼓，"回到自己的灵魂"[a]吧。自己有今日的自己，有昨日的自己，有北京时的自己，有南京时的自己，有在父母怀抱中的自己……乃至一分钟有一个自己，一秒钟有一个自己。每一个自己无论大的，小的，都各提挈着一个世界，正如旅客带着一只手提箱一样。各个世界，各个自己之不相同，正如旅客手提箱里所装的东西之不同一样。各个自己与它所提挈的世界是一个大大的联环，决不能拆开的。譬如去年十月，我正仆仆于轮船火车之中。我现在回想那时的我，第一不能忘记的，是江浙战争；第二便是国庆。因战争而写来的父亲的岳父的信，一页页在眼前翻过；因战争而搬家的人，一阵阵在面前走过；

---

[a] 也是法朗士的话。

眼看学校一日日挨下去，直到关门为止。念头忽然转弯：林纾死了，法朗士死了；国际联盟第五届大会也闭幕了！……正如水的漪涟一样，一圈一圈地尽管晕开去，可以至于非常之多。只区区一个月的我，所提挈的已这样多，则积了三百几十个月的我，所提挈的当有无穷！要算起账来，倒是"大笔头"[a]呢！若有那样细心，再把月化为日，日化为时，时化为分秒，我的世界当更不了不了！这其间有吃的，有睡的，有玩的，有笑的，有哭的，有糊涂的，有聪明的……若能将它们陈列起来，必大有意思；若能影戏片似地将它们摇过去，那更有意思了！人总有念旧之情的。我的一个朋友回到母校作教师的时候，偶然在故纸堆中翻到他十四岁时投考该校的一张相片，便爱它如儿子。我们对于过去的自己，大都像嚼橄榄一样，总有些儿甜的。我们依着时光老人的导引，一步步去温寻已失的自己；这走的便是"忆之路"。在"忆之路"上愈走得远，愈是有味；因苦味渐已蒸散而甜味却还留着的缘故。最远的地方是"儿时"，在那里只有一味极淡极淡的甜；所以许多人都惦记着那里。这"忆之路"是颇长的，也是世界上一条大路。要成为一个自由的"世界民"，这条路不可不走走的。

我的把戏变完了——咳！多么贫呢！我总之羡慕齐天大圣；他虽也跳不出佛爷的掌心，但到底能翻十万八千里的筋斗，又有七十二变化的！

1925 年 5 月 9 日

---

[a] 此是宁波方言，本系记账术语，"多"也；引申作"甚"之意。这里用作双关语。

论气节

气节是我国固有的道德标准，现代还用着这个标准来衡量人们的行为，主要的是所谓读书人或士人的立身处世之道。但这似乎只在中年一代如此，青年一代倒像不大理会这种传统的标准，他们在用着正在建立的新的标准，也可以叫做新的尺度。中年一代一般的接受这传统，青年一代却不理会它，这种脱节的现象是这种变的时代或动乱时代常有的。因此就引不起什么讨论。直到近年，冯雪峰先生才将这标准这传统作为问题提出，加以分析和批判：这是在他的《乡风与市风》那本杂文集里。

冯先生指出"士节"的两种典型：一是忠臣，一是清高之士。他说后者往往因为脱离了现实，成为"为节而节"的虚无主义者，结果往往会变了节。他却又说"士节"是对人生的一种坚定的态度，是个人意志独立的表现。因此也可以成就接近人民的叛逆者或革命家，但是这种人物的造就或完成，只有在后来的时代，例如我们的时代。冯先生的分析，笔者大体同意；对这个问题笔者近来也常常加以思索，现在写出自己的一些意见，也许可以补充冯先生所没有说到的。

气和节似乎原是两个各自独立的意念。《左传》上有"一鼓作气"的话，是说战斗的。后来所谓"士气"就是这个气，也就是"斗志";这个"士"指的是武士。孟子提倡的"浩然之气",似乎就是这个气的转变与扩充。他说"至大至刚",说"养勇",都是带有战斗性的。"浩然之气"是"集义所生","义"就是"有理"或"公道"。后来所谓"义气",意思要狭隘些,可也算是"浩然之气"的分支。现在我们常说的"正义感",虽然特别强调现实,似乎也还可以算是跟"浩然之气"联系着的。至于文天祥所歌咏的"正气",更显然跟"浩然之气"一脉相承。不过在笔者看来两者却并不完全相同,文氏似乎在强调那消极的节。

节的意念也在先秦时代就有了,《左传》里有"圣达节,次守节,下失节"的话。古代注重礼乐,乐的精神是"和",礼的精神是"节"。礼乐是贵族生活的手段,也可以说是目的。他们要定等级,明分际,要有稳固的社会秩序,所以要"节",但是他们要统治,要上统下,所以也要"和"。礼以"节"为主,可也得跟"和"配合着;乐以"和"为主,可也得跟"节"配合着。节跟和是相反相成的。明白了这个道理,我们可以说所谓"圣达节"等等的"节",是从礼乐里引申出来成了行为的标准或做人的标准;而这个节其实也就是传统的"中道"。按说"和"也是中道,不同的是"和"重在合,"节"重在分;重在分所以重在不犯不乱,这就带上消极性了。

向来论气节的,大概总从东汉末年的党祸起头。那是所谓处士横议的时代。在野的士人纷纷的批评和攻击宦官们的贪污政治,中心似乎在太学。这些在野的士人虽然没有严密的组织,却已经在联合起来,并且博得了人民的同情。宦官们害怕了,于是乎逮捕拘禁那些领导人。这就是所谓"党锢"或"钩党","钩"是"钩连"的意思。从这两个名称上可以见出这是一种群众的力量。那时逃亡的党人,家家愿意收容着,所谓"望门投止",也可以见出人民的态度,这种党人,大家尊为气节之士。气是敢作敢为,节是有所不为——有所不为也就是不合作。这敢作敢为是以集体的力量为基础的，跟孟子的"浩然之气"与世俗所谓"义气"只注重领导者的个人不一样。后来宋朝几千太学生请愿罢免奸臣，以及明朝东林党的攻击宦官，都是集体运动，也都是气节的表现。但是这种表现里似乎积极的"气"更重于消极的"节"。

在专制时代的种种社会条件之下，集体的行动是不容易表现的，于是士人的立身处世就偏向了"节"这个标准。在朝的要做忠臣。这种忠节或是表现在冒犯君主尊严的直谏上，有时因此牺牲性命；或是表现在不做新朝的官甚至以身殉国上。忠而至于死，那是忠而又烈了。在野的要做清高之士，这种人表示不愿和在朝的人合作，因而游离于现实之外；或者更逃避到山林之中，那就是隐逸之士。这两种节，忠节与高节，都是个人的消极的表现。忠节至多造就一些失败的英雄，高节更只能造就一些明哲保身的自了汉，甚至于一些虚无主义者。原来气是动的，可以变化。我们常说志气，志是心之所向，可以在四方，可以在千里，志和气是配合着的。节却是静的，不变；所以要"守节"，要不"失节"。有时候节甚至于是死的，死的节跟活的现实脱了榫，于是乎自命清高的人结果变了节，冯雪峰先生论到周作人，就是眼前的例子。从统治阶级的立场看，"忠言逆耳利于行"，忠臣到底是卫护着这个阶级的，而清高之士消纳了叛逆者，也是有利于这个阶级的。所以宋朝人说"饿死事小，失节事大"，原先说的是女人，后来也用来说士人，这正是统治阶级代言人的口气，但是也表示着到了那时代士的个人地位的增高和责任的加重。

"士"或称为"读书人"，是统治阶级最下层的单位，并非"帮闲"。他们的利害跟君相是共同的，在朝固然如此，在野也未尝不如此。固然在野的处士可以不受君臣名分的束缚，可以"不事王侯，高尚其事"，但是他们得吃饭，这饭恐怕还得靠农民耕给他们吃，而这些农民大概是属于他们做官的祖宗的遗产的。"躬耕"往往是一句门面话，就是偶然有个把真正躬耕的如陶渊明，精神上或意识形态上也还是在负着天下兴亡之责的士，陶的《述酒》等诗就是证据。可见处士虽然有时横议，那只是自家人吵嘴闹架，他们生活的基础一般的主要的还是在农民的劳动上，跟君主与在朝的大夫并无两样，而一般的主要的意识形态，彼此也是一致的。

然而士终于变质了，这可以说是到了民国时代才显著。从清朝末年开设学校，教员和学生渐渐加多，他们渐渐各自形成一个集团；其中有不少的人参加革新运动或革命运动，而大多数也倾向着这两种运动。这已是气重于节了。等到民国成立，理论上人民是主人，事实上是军阀争权。这时代的教员和学生意识着自己的主人身份，游离了统治的军阀；他们是在野，可是由于军阀政治的腐败，却渐渐获得了一种领导的地位。他们虽然还不能和民众打成一片，但是已经在渐渐的接近民众。"五四"运动划出了一个新时代。自由主义建筑在自由职业和社会分工的基础上。教员是自由职业者，不是官，也不是候补的官。学生也可以选择多元的职业，不是只有做官一路。他们于是从统治阶级独立，不再是"士"或所谓"读书人"，而变成了"知识分子"，集体的就是"知识阶级"。残余的"士"或"读书人"自然也还有，不过只是些残余罢了。这种变质是中国现代化的过程的一段，而中国的知识阶级在这过程中也曾尽了并且还在想尽他们的任务，跟这时代世界上别处的知识阶级一样，也分享着他们一般的运命。若用气节的标准来衡量，这些知识分子或这个知识阶级开头是气重于节，到了现在却又似乎是节重于气了。

知识阶级开头凭着集团的力量勇猛直前，打倒种种传统，那时候是敢作敢为一股气。可是这个集团并不大，在中国尤其如此，力量到底有限，而与民众打成一片又不容易，于是碰到集中的武力，甚至加上外来的压力，就抵挡不住。而一方面广大的民众抬头要饭吃，他们也没法满足这些饥饿的民众。他们于是失去了领导的地位，逗留在这夹缝中间，渐渐感觉着不自由，闹了个"四大金刚悬空八只脚"。他们于是只能保守着自己，这也算是节罢；也想缓缓的落下地去，可是气不足，得等着瞧。可是这里的是偏于中年一代。青年一代的知识分子却不如此，他们无视传统的"气节"，特别是那种消极的"节"，替代的是"正义感"，接着"正义感"的是"行动"，其实"正义感"是合并了"气"和"节"，"行动"还是"气"。这是他们的新的做人的尺度。等到这个尺度成为标准，知识阶级大概是还要变质的罢？

1947 年 4 月 13、14 日作

正 义

人间的正义是在哪里呢?

正义是在我们的心里！从明哲的教训和见闻的意义中，我们不是得着大批的正义么？但白白地搁在心里，谁也不去取用，却至少是可惜的事。两石白米堆在屋里，总要吃它干净，两箱衣服堆在屋里，总要轮流穿换，一大堆正义却扔在一旁，满不理会，我们真大方，真舍得！看来正义这东西也真贱，竟抵不上白米的一个尖儿，衣服的一个扣儿。——爽性用它不着，倒也罢了，谁都又装出一副发急的样子，张张皇皇的寻觅着。这个葫芦里卖的什么药？我的聪明的同伴呀，我真想不通了！

我不曾见过正义的面，只见过它的弯曲的影儿——在"自我"的唇边，在"威权"的面前，在"他人"的背后。

正义可以做幌子，一个漂亮的幌子，所以谁都愿意念着它的名字。"我是正经人，我要做正经事"，谁都向他的同伴这样隐隐的自诩着。但是除了用以"自诩"之外，正义对于他还有什么作用呢？他独自一个时，在生人中间时，早忘了它的名字，而去创造"自己的正义"了！他所给予正义的，只是让它的影儿在他的唇边闪烁一番而已。但是，这毕竟不算十分孤负正义，比那凭着正义的名字以行罪恶的，还胜一筹。可怕的正是这种假名行恶的人。他嘴里唱着正义的名字，手里却满满的握着罪恶；他将这些罪恶送给社会，粘上金碧辉煌的正义的签条送了去。社会凭着他所唱的名字和所粘的签条，欣然受了这份礼；就是明知道是罪恶，也还是欣然受了这份礼！易卜生"社会栋梁"一出戏，就是这种情形。这种人的唇边，虽更频繁的闪烁着正义的弯曲的影儿，但是深藏在他们心底的正义，只怕早已霉了，烂了，且将毁灭了。在这些人里，我见不着正义！

在亲子之间，师傅学徒之间，军官兵士之间，上司属僚之间，似乎有正义可见了，但是也不然。卑幼大抵顺从他们长上的，长上要施行正义于他们，他们诚然是不"能"违抗的——甚至"父教子死，子不得不死"一类话也说出来了。他们发现有形的扑鞭和无形的赏罚在长上们的背后，怎敢去违抗呢？长上们凭着威权的名字施行正义，他们怎敢不遵呢？但是你私下问他们，"信么？服么？"他们必摇摇他们的头，甚至还奋起他们的双拳呢！这正是因为长上们不凭着正义的名字而施行正义的缘故了。这种正义只能由长上行于卑幼，卑幼是不能行于长上的，所以是偏颇的；这种正义只能施于卑幼，而不能施于他人，所以是破碎的；这种正义受着威权的鼓弄，有时不免要扩大到它的应有的轮廓之外，那时它又是肥大的。这些仍旧只是正义的弯曲的影儿。不凭着正义的名字而施行正义，我在这等人里，仍旧见不着它！

在没有威权的地方，正义的影儿更弯曲了。名位与金钱的面前，正义只剩淡如水的微痕了。你瞧现在一班大人先生见了所谓督军等人的劲儿！他们未必愿意如此的，但是一当了面，估量着对手的名位，就不免心里一软，自然要给他一些面子——于是不知不觉的就敷衍起来了。至于平常的人，偶然见了所谓名流，也不免要吃一惊，那时就是心里有一百二十个不以为然，也只好姑且放下，另做出一番"足恭"的样子，以表倾慕之诚。所以一班达官通人，差不多是正义的化外之民，他们所做的都是合于正义的，乃至他们所做的就是正义了！——在他们实在无所谓正义与否了。呀！这样，正义岂不已经沦亡了？却又不然。须知我只说"面前"是无正义的，"背后"的正义却幸而还保留着。社会的维持，大部分或者就靠着这背后的正义罢。但是背后的正义，力量究竟是有限的，因为隔开一层，不由的就单弱了。一个为富不仁的人，背后虽然免不了人们的指摘，面前却只有恭敬。一个华服翩翩的人，犯了违警律，就是警察也要让他五分。这就是我们的正义了！我们的正义百分之九十九是在背后的，而在极亲近的人间，有时连这个背后的正义也没有！因为太亲近了，什么也可以原谅了，什么也可以马虎了，正义就任怎么弯曲也可以了。背后的正义只有存生疏的人们间。生疏的人们间，没有什么密切的关系，自然可以用上正义这个幌子。至于一定要到背后才叫出正义来，那全是为了情面的缘故。情面的根底大概也是一种同情，一种廉价的同情。现在的人们只喜欢廉价的东西，在正义与情面两者中，就尽先取了情面，而将正义放在背后。在极亲近的人间，情面的优先权到了最大限度，正义就几乎等于零，就是在背后也没有了。背后的正义虽也有相当的力量，但是比起面前的正义就大大的不同，启发与戒惧的功能都如搀了水的薄薄的牛乳似的——于是仍旧只算是一个弯曲的影儿。在这些人里，我更见不着正义！

　　人间的正义究竟是在哪里呢？满藏在我们心里！为什么不取出来呢？它没有优先权！在我们心里，第一个尖儿是自私，其余就是威权，势力，亲疏，情面等等；等到这些角色一一演毕，才轮得到我们可怜的正义。你想，时候已经晚了，它还有出台的机会么？没有！所以你要正义出台，你就得排除一切，让它做第一个尖儿。

你得凭着它自己的名字叫它出台。你还得抖擞精神，准备一副好身手，因为它是初出台的角儿，捣乱的人必多，你得准备着打——不打不成相识呀！打得站住了脚携住了手，那时我们就能从容地瞻仰正义的面目了。

1924 年 5 月 14 日作

论自己

　　翻开辞典,"自"字下排列着数目可观的成语,这些"自"字多指自己而言。这中间包括着一大堆哲学,一大堆道德,一大堆诗文和废话,一大堆人,一大堆我,一大堆悲喜剧。自己"真乃天下第一英雄好汉",有这么些可说的,值得说值不得说的!难怪纽约电话公司研究电话里最常用的字,在五百次通话中会发现三千九百九十次的"我"。这"我"字便是自己称自己的声音,自己给自己的名儿。

　　自爱自怜!真是天下第一英雄好汉也难免的,何况区区寻常人!冷眼看去,也许只觉得那托自尊大狂妄得可笑;可是这只见了真理的一半儿。掉过脸儿来,自爱自怜确也有不得不自爱自怜的。幼小时候有父母爱怜你,特别是有母亲爱怜你。到了长大成人,"娶了媳妇儿忘了娘",娘这样看时就不必再爱怜你,至少不必再像当年那样爱怜你。——女的呢,"嫁出门的女儿,泼出门的水";做母亲的虽然未必这样看,可是形格势禁而且鞭长莫及,就是爱怜得着,也只算找补点罢了。爱人该爱怜你?然而爱人们的嘴一咧是甜蜜的,谁能说"你泥中有我,我泥中有你!"真有那么回事儿?赶到爱人变了太太,再生了孩子,你算成了家,太太得管家管孩子,更不能一心儿爱怜你。你有时候会病,"久病床前无孝子",太太怕也够倦的，够烦的。住医院？好，假如有运气住到像当年北平协和医院样的医院里去，倒是比家里强得多。但是护士们看护你，是服务，是工作；也许夹上点儿爱怜在里头，那是"好生之德"，不是爱怜你，是爱怜"人类"。——你又不能老待在家里，一离开家，怎么着也算"做客"；那时候更没有爱怜你的。可以有朋友招呼你；但朋友有朋友的事儿，那能教他将心常放在你身上？可以有属员或仆役伺候你，那——说得上是爱怜么？总而言之，天下第一爱怜自己的，只有自己；自爱自怜的道理就在这儿。

　　再说，"大丈夫不受人怜。"穷有穷干，苦有苦干；世界那么大，凭自己的身手，哪儿就打不开一条路？何必老是向人愁眉苦脸唉声叹气的！愁眉苦脸不顺耳，别人会来爱怜你？自己免不了伤心的事儿，咬紧牙关忍着，等些日子，等些年月，会平静下去的。说说也无妨，只别不拣时候不看地方老是向人叨叨，叨叨得谁也不耐烦的岔开你或者躲开你。也别怨天怨地将一大堆感叹的句子向人身上扔过去。你怨的是天地，倒碍不着别人，只怕别人奇怪你的火气怎么这样大。——自己也免不了吃别人的亏。值不得计较的，不做声吞下肚去。出入大的想法子复仇，力量不够，卧薪尝胆地准备着。可别这儿那儿尽嚷嚷——嚷嚷完了一扔开，倒便宜了那欺负你的人。"好汉胳膊折了往袖子里藏"，为的是不在人面前露怯相，要人爱怜这"苦人儿"似的，这是要强，不是装。说也怪，不受人怜的人倒是能得人怜的人；要强的人总是最能自爱自怜的人。

　　大丈夫也罢，小丈夫也罢，自己其实是渺乎其小的，整个儿人类只是一个小圆球上一些碳水化合物，像现代一位哲学家说的，别提一个人的自己了。庄子所谓马体一毛，其实还是放大了看的。英国有一家报纸登过一幅漫画，画着一个人，仿佛在一间铺子里，周遭陈列着从他身体里分析出来的各种元素，每种标明分量和价目，总数是五先令——那时合七元钱。现在物价涨了，怕要合国

200

币一千元了罢？然而，个人的自己也就值区区这一千元儿！自己这般渺小，不自爱自怜着点又怎么着！然而，"顶天立地"的是自己，"天地与我并生，万物与我为一"的也是自己；有你说这些大处只是好听的话语，好看的文句？你能愣说这样的自己没有！有这么的自己，岂不更值得自爱自怜的？再说自己的扩大，在一个寻常人的生活里也可见出。且先从小处看。小孩子就爱搜集各国的邮票，正是在扩大自己的世界。从前有人劝学世界语，说是可以和各国人通信。你觉得这话幼稚可笑？可是这未尝不是扩大自己的一个方向。再说这回抗战，许多人都走过了若干地方，增长了若干阅历。特别是青年人身上，你一眼就看出来，他们是和抗战前不同了，他们的自己扩大了。——这样看，自己的小，自己的大，自己的由小而大。在自己都是好的。

　　自己都觉得自己好，不错；可是自己的确也都爱好。做官的都爱做好官，不过往往只知道爱做自己家里人的好官，自己亲戚朋友的好官；这种好官往往是自己国家的贪官污吏。做盗贼的也都爱做好盗贼——好喽啰，好伙伴，好头儿，可都只在贼窝里。有大好，有小好，有好得这样坏。自己关闭在自己的丁点大的世界里，往往越爱好越坏。所以非扩大自己不可。但是扩大自己得一圈儿一圈儿的，得充实，得踏实。别像肥皂泡儿，一大就裂。"大丈夫能屈能伸"，该屈的得屈点儿，别只顾伸出自己去。也得估计自己的力量。力量不够的话，"人一能之，己百之，人十能之，己千之"；得寸是寸，得尺是尺。总之路是有的。看得远，想得开，把得稳；自己是世界的时代的一环，别脱了节才真算好。力量怎样微弱，可是是自己的。相信自己，靠自己，随时随地尽自己的一份儿往最好里做去，让自己活得有意思，一时一刻一分一秒都有意思。这么着，自爱自怜才真是有道理的。

1942 年 9 月 1 日作

论别人

　　有自己才有别人，也有别人才有自己。人人都懂这个道理，可是许多人不能行这个道理。本来自己以外都是别人，可是有相干的，有不相干的。可以说是"我的"那些，如我的母妻子，我的朋友等，是相干的别人，其余的是不相干的别人。相干的别人和自己合成家族亲友；不相干的别人和自己合成社会国家。自己也许愿意只顾自己，但是自己和别人是相对的存在，离开别人就无所谓自己，所以他得顾到家族亲友，而社会国家更要他顾到那些不相干的别人。所以"自了汉"不是好汉，"自顾自"不是好话，"自私自利"，"不顾别人死活"，"只知有己，不知有人"的，更都不是好人。所以孔子之道只是个忠恕：忠是己之所欲，以施于人，恕是"己所不欲，勿施于人"。这是一件事的两面，所以说"一以贯之"。孔子之道，只是教人为别人着想。

　　可是儒家有"亲亲之杀"的话，为别人着想也有个层次。家族第一，亲戚第二，朋友第三，不相干的别人挨边儿。几千年来顾家族是义务，顾别人多多少少只是义气；义务是分内，义气是分外。可是义务似乎太重了，别人压住了自己。这才来了"五四"时代。这是个自我解放的时代，个人从家族的压迫下挣出来，开始独立在社会上。于是乎自己第一，高于一切，对于别人，几乎什么义务也没有了似的。可是又都要改造社会，改造国家，甚至于改造世界，说这些是自己的责任。虽然是责任，却是无限的责任，爱尽不尽，爱尽多少尽多少；反正社会国家世界都可以只是些抽象名词，不像一家老小在张着嘴等着你。所以自己顾自己，在实际上第一，兼顾社会国家世界，在名义上第一。这算是义务。顾到别人，无论相干的不相干的，都只是义气，而且是客气。这些解放了的，以及生得晚没有赶上那种压迫的人，既然自己高于一切，别人自当不在眼下，而居然顾到别人，自当算是客气。其实在这些天之骄子各自的眼里，别人都似乎为自己活着，都得来供养自己才是道理。"我爱我"成为风气，处处为自己着想，说是"真"；为别人着想倒说是"假"，是"虚伪"。可是这儿"假"倒有些可爱，"真"倒有些可怕似的。

　　为别人着想其实也只是从自己推到别人，或将自己当作别人，和为自己着想并无根本的差异。不过推己及人，设身处地，确需要相当的勉强，不像"我爱我"那样出于自然。所谓"假"和"真"大概是这种意思。这种"真"未必就好，这种"假"也未必就是不好。读小说看戏，往往会为书中人戏中人捏一把汗，掉眼泪，所谓替古人担忧。这也是推己及人，设身处地；可是因为人和他只在书中戏中，并非实有，没有利害可计较，失去相干的和不相干的那分别，所以"推""设"起来，也觉自然而然。作小说的演戏的就不能如此，得观察，揣摩，体贴别人的口气，身份，心理，才能达到"逼真"的地步。特别是演戏，若不能忘记自己，那非糟不可。这个得勉强自己，训练自己；训练越好，越"逼真"，越美，越能感染读者和观众。如果"真"是"自然"，小说的读者，戏剧的观众那样为别人着想，似乎不能说是"假"。小说的作者，戏剧的演员的观察，揣摩，体贴，似乎"假"，可是他们能以达到"逼

203

真"的地步，所求的还是"真"。在文艺里为别人着想是"真"，在实生活里却说是"假"，"虚伪"，似乎是利害的计较使然；利害的计较是骨子，"真"，"假"，"虚伪"只是好看的门面罢了。计较利害过了分，真是像法朗士说的"关闭在自己的牢狱里"；老那么关闭着，非死不可。这些人幸而还能读小说看戏，该仔细吟味，从那里学习学习怎样为别人着想。

"五四"以来，集团生活发展。这个那个集团和家族一样是具体的，不像社会国家有时可以只是些抽象名词。集团生活将原不相干的别人变成相干的别人，要求你也训练你顾到别人，至少是那广大的相干的别人。集团的约束力似乎一直在增强中，自己不得不为别人着想。那自己第一，自己高于一切的信念似乎渐渐低下头去了。可是来了抗战的大时代。抗战的力量无疑地出于二十年来集团生活的发展。可是抗战以来，集团生活发展的太快了，这儿那儿不免有多少还不能够得着均衡的地方。个人就又出了头，自己就又可以高于一切；现在却不说什么"真"和"假"了，只凭着神圣的抗战的名字做那些自私自利的事，名义上是顾别人，实际上只顾自己。自己高于一切，自己的集团或机关也就高于一切；自己肥，自己机关肥，别人瘦，别人机关瘦，乐自己的，管不着！——瘦瘪了，饿死了，活该！相信最后的胜利到来的时候，别人总会压下那些猖獗的卑污的自己的。这些年自己实在太猖獗了，总盼望压下它的头去。自然，一个劲儿顾别人也不一定好。仗义忘身，急人之急，确是英雄好汉，但是难得见。常见的不是敷衍妥协的乡愿，就是卑屈甚至谄媚的可怜虫，这些人只是将自己丢进了垃圾堆里！可是，有人说得好，人生是个比例问题。目下自己正在张牙舞爪的，且头痛医头，脚痛医脚，先来多想想别人罢！

1943 年 8 月 16 日作

论诚意

诚伪是品性,却又是态度。从前论人的诚伪,大概就品性而言。诚实,诚笃,至诚,都是君子之德;不诚便是诈伪的小人。品性一半是生成,一半是教养;品性的表现出于自然,是整个儿的为人。说一个人是诚实的君子或诈伪的小人,是就他的行迹总算账。君子大概总是君子,小人大概总是小人。虽然说气质可以变化,盖了棺才能论定人,那只是些特例。不过一个社会里,这种定型的君子和小人并不太多,一般常人都浮沉在这两界之间。所谓浮沉,是说这些人自己不能把握住自己,不免有诈伪的时候。这也是出于自然。还有一层,这些人对人对事有时候自觉地加减他们的诚意,去适应那局势。这就是态度。态度不一定反映出品性来;一个诚实的朋友到了不得已的时候,也会撒个谎什么的。态度出于必要,出于处世的或社交的必要,常人是免不了这种必要的。这是"世故人情"的一个项目。有时可以原谅,有时甚至可以容许。态度的变化多,在现代多变的社会里也许更会使人感兴趣些。我们嘴里常说的,笔下常写的"诚恳""诚意"和"虚伪"等词,大概都是就态度说的。

但是一般人用这几个词似乎太严格了一些。照他们的看法,不诚恳无诚意的人就未免太多。而年轻人看社会上的人和事,除了他们自己以外差不多尽是虚伪的。这样用"虚伪"那个词，又似乎太宽泛了一些。这些跟老先生们开口闭口说"人心不古，世风日下"同样犯了笼统的毛病。一般人似乎将品性和态度混为一谈，年轻人也如此，却又加上了"天真""纯洁"种种幻想。诚实的品性确是不可多得，但人孰无过，不论哪方面，完人或圣贤总是很少的。我们恐怕只能宽大些，卑之无甚高论，从态度上着眼。不然无谓的烦恼和纠纷就太多了。至于天真纯洁，似乎只是儿童的本分——老气横秋的儿童实在不顺眼。可是一个人若总是那么天真纯洁下去，他自己也许还没有什么，给别人的麻烦却就太多。有人赞美"童心""孩子气"，那也只限于无关大体的小节目，取其可以调剂调剂平板的氛围气。若是重要关头也如此，那时天真恐怕只是任性，纯洁恐怕只是无知罢了。幸而不诚恳，无诚意，虚伪等等已经成了口头禅，一般人只是跟着大家信口说着，至多皱皱眉，冷笑笑，表示无可奈何的样子就过去了。自然也短不了认真的，那却苦了自己，甚至于苦了别人。年轻人容易认真，容易不满意，他们的不满意往往是社会改革的动力。可是他们也得留心，若是在诚伪的分别上认真得过了分，也许会成为虚无主义者。

　　人与人事与事之间各有分际，言行最难得恰如其分。诚意是少不得的，但是分际不同，无妨斟酌加减点儿。种种礼数或过场就是从这里来的。有人说礼是生活的艺术，礼的本意应该如此。日常生活里所谓客气，也是一种礼数或过场。有些人觉得客气太拘形迹，不见真心，不是诚恳的态度。这些人主张率性自然。率性自然未尝不可，但是得看人去。若是一见生人就如此这般，就有点野了。即使熟人，毫无节制的率性自然也不成。夫妇算是熟透了的，有时还得"相敬如宾"，别人可想而知。总之，在不同的局势下，率性自然可以表示诚意，客气也可以表示诚意，不过诚意的程度不一样罢了。客气要大方，合身份，不然就是诚意太多；诚意太多，诚意就太贱了。

看人，请客，送礼，也都是些过场。有人说这些只是虚伪的俗套，无聊的玩意儿。但是这些其实也是表示诚意的。总得心里有这个人，才会去看他，请他，送他礼，这就有诚意了。至于看望的次数，时间的长短，请作主客或陪客，送礼的情形，只是诚意多少的分别，不是有无的分别。看人又有回看，请客有回请，送礼有回礼，也只是回答诚意。古语说得好，"来而不往非礼也"，无论古今，人情总是一样的。有一个人送年礼，转来转去，自己送出去的礼物，有一件竟又回到自己手里。他觉得虚伪无聊，当作笑谈。笑谈确乎是的，但是诚意还是有的。又一个人路上遇见一个本不大熟的朋友向他说，"我要来看你。"这个人告诉别人说，"他用不着来看我，我也知道他不会来看我，你瞧这句话才没意思哪！"那个朋友的诚意似乎是太多了。凌叔华女士写过一个短篇小说，叫做《外国规矩》，说一位青年留学生陪着一位旧家小姐上公园，尽招呼她这样那样的。她以为让他爱上了，哪里知道他行的只是"外国规矩"！这喜剧由于那位旧家小姐不明白新礼数，新过场，多估量了那位留学生的诚意。可见诚意确是有分量的。

人为自己活着，也为别人活着。在不伤害自己身份的条件下顾全别人的情感，都得算是诚恳，有诚意。这样宽大的看法也许可以使一些人活得更有兴趣些。西方有句话，"人生是做戏。"做戏也无妨，只要有心往好里做就成。客气等等一定有人觉得是做戏，可是只要为了大家好，这种戏也值得做的。另一方面，诚恳，诚意也未必不是戏。现在人常说，"我很诚恳地告诉你"，"我是很有诚意的"，自己标榜自己的诚恳，诚意，大有卖瓜的说瓜甜的神气，诚实的君子大概不会如此。不过一般人也已习惯自然，知道这只是为了增加诚意的分量,强调自己的态度,跟买卖人的吆喝到底不是一回事儿。常人到底是常人,得跟着局势斟酌加减他们的诚意,变化他们的态度;这就不免沾上了些戏味。西方还有句话,"诚实是最好的政策","诚实"也只是态度;这似乎也是一句戏词儿。

1940 年

论青年

冯友兰先生在《新事论·赞中华》篇里第一次指出现在一般人对于青年的估价超过老年之上。这扼要地说明了我们的时代。这是青年时代，而这时代该从"五四"运动开始。从那时起，青年人才抬起了头，发现了自己，不再仅仅地做祖父母的孙子，父母的儿子，社会的小孩子。他们发现了自己，发现了自己的群，发现了自己和自己的群的力量。他们跟传统斗争，跟社会斗争，不断的在争取自己领导权甚至社会领导权，要名副其实的做新中国的主人。但是，像一切时代一切社会一样，中国的领导权掌握在老年人和中年人的手里，特别是中年人的手里。于是乎来了青年的反抗，在学校里反抗师长，在社会上反抗统治者。他们反抗传统和纪律，用怠工，有时也用挺击。中年统治者记得"五四"以前青年的沉静，觉着现在青年爱捣乱，惹麻烦，第一步打算压制下去。可是不成。于是乎敷衍下去。敷衍到了难以收拾的地步，来了集体训练，开出新局面，可是还得等着瞧呢。

青年反抗传统，反抗社会，自古已然，只是一向他们低头受压，使不出大力气，见得沉静罢了。家庭里父代和子代闹别扭是常见的，正是压制与反抗的征象。政治上也有老少两代的斗争，汉朝的贾谊到戊戌六君子，例子并不少。中年人总是在统治的地位，老年人势力足以影响他们的地位时，就是老年时代，青年人势力足以影响他们的地位时，就是青年时代。老年和青年的势力互为消长，中年人却总是在位，因此无所谓中年时代。老年人的衰朽，是过去，青年人还幼稚，是将来，占有现在的只是中年人。他们一面得安慰老年人，培植青年人，一面也在讥笑前者，烦厌后者。安慰还是顺的，培植却常是逆的，所以更难。培植是凭中年人的学识经验做标准，大致要养成有为有守爱人爱物的中国人。青年却恨这种切近的典型的标准妨碍他们飞跃的理想。他们不甘心在理想还未疲倦的时候就被压进典型里去，所以总是挣扎着，在憧憬那海阔天空的境界。中年人不能了解青年人为什么总爱旁逸斜出不走正路，说是时代病。其实这倒是成德达材的大路；压迫的，挣扎着，材德的达成就在这两种力的平衡里。这两种力永恒地一步步平衡着，自古已然，不过现在更其表面化罢了。

　　青年人爱说自己是"天真的"，"纯洁的"。但是看看这时代，老练的青年可真不少。老练却只是工于自谋，到了临大事，决大疑，似乎又见得幼稚了。青年要求进步，要求改革，自然很好，他们有的是奋斗的力量。不过大处着眼难，小处下手易，他们的饱满的精力也许终于只用在自己的物质的改革跟进步上；于是骄奢淫逸，无所不为，有利无义，有我无人。中年里原也不缺少这种人，效率却赶不上青年的大。眼光小还可以有一步路，便是做自了汉，得过且过地活下去；或者更退一步，遇事消极，马马虎虎对付着，一点不认真。中年人这两种也够多的。可是青年时就染上这些习气，未老先衰，不免更教人毛骨悚然。所幸青年人容易回头，"浪子回头金不换"，不像中年人往往将错就错，一直沉到底里去。

　　青年人容易脱胎换骨改样子，是真可以自负之处；精力足，岁月长，前路宽，也是真可以自负之处。总之可能多。可能多倚仗就大，所以青年人狂。人说青年时候不狂，什么时候才狂？不错。但是这狂气到时候也得收拾一下，不然会忘其所以的。青年人爱讽刺，冷嘲热骂，一学就成，挥之不去；但是这只足以取快一时，久了也会无聊起来的。青年人骂中年人逃避现实，圆通，不奋斗，妥协，自有他们的道理。不过青年人有时候让现实笼罩住，伸不出头，张不开眼，只模糊地看到面前一段儿路，真是"前不见古人，后不见来者"。这又是小处。若是能够偶然到所谓"世界外之世界"里歇一下脚，也许可以将自己放大些。青年也有时候偏执不回，过去一度以为读书就不能救国就是的。那时蔡孑民先生却指出"读书不忘救国，救国不忘读书"。这不是妥协，而是一种权衡轻重的圆通观。懂得这种圆通，就可以将自己放平些。能够放大自己，放平自己，才有真正的"工作与严肃"，这里就需要奋斗了。

蔡孑民先生不愧人师，青年还是需要人师。用不着满口仁义道德，道貌岸然，也用不着一手摊经，一手握剑，只要认真而亲切的服务，就是人师。但是这些人得组织起来，通力合作。讲情理，可是不敷衍，重诱导，可还归到守法上。不靠婆婆妈妈气去乞怜青年人，不靠甜言蜜语去买好青年人，也不靠刀子手枪去示威青年人。只言行一致后先一致地按着应该做的放胆放手做去。不过基础得打在学校里；学校不妨尽量社会化，青年训练却还是得在学校里。学校好像实验室，可以严格的计划着进行一切；可不是温室，除非让它堕落到那地步。训练该注重集体的，集体训练好，个体也会改样子。人说教师只消传授知识就好，学生做人，该自己磨练去。但是得先有集体训练，教青年有胆量帮助人，制裁人，然后才可以让他们自己磨练去。这种集体训练的大任，得教师担当起来。现行的导师制注重个别指导，琐碎而难实践，不如缓办，让大家集中力量到集体训练上。学校以外倒是先有了集中训练，从集中军训起头，跟着来了各种训练班。前者似乎太单纯了，效果和预期差得多，后者好像还差不多。不过训练班至多只是百尺竿头更进一步，培植根基还得在学校里。在青年时代，学校的使命更重大了，中年教师的责任也更重大了，他们得任劳任怨地领导一群群青年人走上那成德达材的大路。

1944 年 6 月 9 日作

论东西 [a]

中国读书人向来不大在乎东西。"家徒四壁"不失为书生本色，做了官得"两袖清风"才算好官；爱积聚东西的只是俗人和贪吏，大家是看不起的。这种不在乎东西可以叫做清德。至于像《世说新语》里记的：

> 王恭从会稽还，王大看之，见其坐六尺簟，因语恭，"卿东来，故应有此物。可以一领及我。"恭无言。大去后，即举所坐者送之。既无余席，便坐荐上。后大闻之，甚惊曰，"吾本谓卿多，故求耳。"对曰，"丈人不悉恭，恭作人无长物。"

"作人无长物"也是不在乎东西，不过这却是达观了。后来人常说"身外之物，何足计较！"一类话，也是这种达观的表现，只是在另一角度下。不为物累，才是自由人，"清"是从道德方面看，"达"是从哲学方面看，清是不浊，达是不俗，是雅。

读书人也有在乎东西的时候，他们有的有收藏癖。收藏的可只是书籍，字画，古玩，邮票之类。这些人爱逛逛书店，逛逛旧

---

a　具体写作时间不详。

货铺，地摊儿，积少也可成多，但是不能成为大收藏家。大收藏家总得沾点官气或商气才成。大收藏家可认真的在乎东西，书生的爱美的收藏家多少带点儿游戏三昧。——他们随时将收藏的东西公诸同好，有时也送给知音的人，并不严封密裹，留着"子孙永宝用"。这些东西都不是实用品，这些爱美的收藏家也还不失为雅癖。日常的实用品，读书人是向来不在乎也不屑在乎的。事实上他们倒也短不了什么，一般的说，吃的穿的总有的。吃的穿的有了，别的短点儿也就没什么了。这些人可老是舍不得添置日用品，因此常跟太太们闹别扭。而在搬家或上路的时候，太太们老是要多带东西，他们老是要多丢东西，更会大费唇舌——虽然事实上是太太胜利的多。

现在读书人可也认真地在乎东西了，而且连实用品都一视同仁了。这两年东西实在涨得太快，电兔儿都追不上，一般读书人吃的穿的渐渐没把握；他们虽然还在勉力保持清德，但是那种达观却只好暂时搁在一边儿了。于是乎谈烟，谈酒，更开始谈柴米油盐布。这儿是第一回，先生们和太太们谈到一路上去了。酒不喝了，烟越抽越坏，越抽越少，而且在打主意戒了——将来收藏起烟斗烟嘴儿当古玩看。柴米油盐布老在想法子多收藏点儿，少消费点儿。什么都爱惜着，真做到了"一粥一饭当思来处不易"。这些人不但不再是痴聋的阿家翁，而且简直变成克家的令子了。那爱美的雅癖，不用说也得暂时地撂在一边儿。这些人除了职业的努力以外，就只在柴米油盐布里兜圈子，好像可怜见儿的。其实倒也不然。他们有那一把清骨头，够自己骄傲的。再说柴米油盐布里也未尝没趣味，特别是在现在这时候。例如今天忽然知道了油盐有公卖处，便宜那么多；今天知道了王老板家的花生油比张老板的每斤少五毛钱；今天知道柴涨了，幸而昨天买了三百斤收藏着。这些消息都可以教人带着胜利的微笑回家。这是挣扎，可也是消遣不是？能够在柴米油盐布里找着消遣的是有福的。在另一角度下，这也是达观或雅癖哪。

读书人大概不乐意也没本事改行，他们很少会摇身一变成为囤积居奇的买卖人的。他们现在虽然也爱惜东西，可是更爱惜自己；他们爱惜东西，其实也只能爱惜自己的。他们不用说爱惜自己需要的柴米油盐布，还有就只是自己箱儿笼儿里一些旧东西，书籍呀，衣服呀，什么的。这些东西跟着他们在自己的中国里流转了好多地方，几个年头，可是他们本人一向也许并不怎样在意这些旧东西，更不会跟它们亲热过一下子。可是东西越来越贵了，而且有的越来越少了，他们这才打开自己的箱笼细看，嘿！多么可爱呀，还存着这么多东西哪！于是乎一样样拿起来端详，越端详越有意思，越有劲儿，像多年不见的老朋友似的，不知道怎样亲热才好。有了这些，得闲儿就去摩挲一番，尽抵得上逛旧货铺，地摊儿，也尽抵得上喝一回好酒，抽几支好烟的。再说自己看自己原也跟别人看自己一般，压根儿是穷光蛋一个；这一来且不管别人如何，自己确是觉得富有了。瞧，寄售所，拍卖行，有的是，暴发户的买主有的是，今天拿去卖点儿，明天拿去卖点儿，总该可以贴补点儿吃的穿的。等卖光了，抗战胜利的日子也就到了，那时候这些读书人该是老脾气了，那时候他们会这样想，"一些身外之物算什么哪，又都是破烂儿！咱们还是等着逛书店，旧货铺，地摊儿罢。"

第二部分 人生的一角

憎 [a]

我生平怕看见干笑，听见敷衍的话；更怕冰搁着的脸和冷淡的言词，看了，听了，心里便会发抖。至于惨酷的佯笑，强烈的揶揄，那简直要我全身都痉挛般掣动了。在一般看惯、听惯、老于世故的前辈们，这些原都是"家常便饭"，很用不着大惊小怪地去张扬；但如我这样一个阅历未深的人，神经自然容易激动些，又痴心渴望着爱与和平，所以便不免有些变态。平常人可以随随便便过去的，我不幸竟是不能；因此增加了好些苦恼，减却了好些"生力"。——这真所谓"自作孽"了！

前月我走过北火车站附近。马路上横躺着一个人：微侧着蜷曲的身子。脸被一破芦苇遮了，不曾看见；穿着黑布夹袄，垢腻的淡青的衬里，从一处处不规则地显露，白斜纹的单裤，受了尘秽的沾染，早已变成灰色；双足是赤着，脚底满涂着泥土，脚面满积着尘垢，皮上却绉着网一般的细纹，映在太阳里，闪闪有光。这显然是一个劳动者的尸体了。一个不相干的人死了，原是极平凡的事；况是一个不相干又不相干的劳动者呢？所以围着看的虽有十余人，却都好奇地睁着眼，脸上的筋肉也都冷静而弛缓。我

---

[a] 具体写作时间不详。

给周遭的冷淡噤住了;但因为我的老脾气,终于茫漠地想着:他的一生是完了;但于他曾有什么价值呢?他的死,自然,不自然呢?上海像他这样人,知道有多少?像他这样死的,知道一日里又有多少?再推到全世界呢?……这不免引起我对于人类运命的一种杞忧了!但是思想忽然转向,何以那些看闲的,于这一个同伴的死如此冷淡呢?倘然死的是他们的兄弟,朋友,或相识者,他们将必哀哭切齿,至少也必惊惶;这个不识者,在他们却是无关得失的,所以便漠然了?但是,果然无关得失么?"叫天子一声叫",尚能"撕去我一缕神经",一个同伴悲惨的死,果然无关得失么?一人生在世,倘只有极少极少的所谓得失相关者顾念着,岂不是太孤寂又太狭隘了么?狭隘,孤寂的人间,哪里有善良的生活!唉!我不愿再往下想了!

　　这便是遍满现世间的"漠视"了。我有一个中学同班的同学。他在高等学校毕了业;今年恰巧和我同事。我们有四五年不见面,不通信了;相见时我很高兴,滔滔汩汩地向他说知别后的情形;称呼他的号,和在中学时一样。他只支持着同样的微笑听着。听完了,仍旧支持那微笑,只用极简单的话说明他中学毕业后的事,又称了我几声"先生"。我起初不曾留意,陡然发见那干涸的微笑,心里先有些怯了;接着便是那机器榨出来的几句话和"敬而远之"的一声声的"先生",我全身都不自在起来;热烈的想望早冰结在心坎里!可是到底鼓勇说了这一句话:"请不要这样称呼罢;我们是同班的同学哩!"他却笑着不理会,只含糊应了一回;另一个"先生"早又从他嘴里送出了!我再不能开口,只蜷缩在椅子里,眼望着他。他觉得有些奇怪,起身,鞠躬,告辞。我点了头,让他走了。这时羞愧充满在我心里;世界上有什么东西在我身上,使人弃我如敝屣呢?

第二部分　人生的一角

约莫两星期前，我从大马路搭电车到车站。半路上上来一个魁梧奇伟的华捕。他背着手直挺挺地靠在电车中间的转动机上。穿着青布制服，戴着红缨凉帽，蓝的绑腿，黑的厚重的皮鞋：这都和他别的同伴一样。另有他的一张粗黑的盾形的脸，在那脸上表现出他自己的特色。在那脸，嘴上是抿了，两眼直看着前面，筋肉像浓霜后的大地一般冷重；一切有这样的严肃，我几乎疑惑那是黑的石像哩！从他上车，我端详了好久，总不见那脸上有一丝的颤动；我忽然感到一种压迫的感觉，仿佛有人用一条厚棉被连头夹脑紧紧地捆了我一般，呼吸便渐渐地低迫促了。那时电车停了；再开的时候，从车后匆匆跑来一个贫妇。伊有褴褛的古旧的浑沌色的竹布长褂和袴；跑时只是用两只小脚向前挣扎，蓬蓬的黄发纵横地飘拂着；瘦黑多皱襞的脸上，闪烁着两个热望的眼珠，嘴唇不住地开合——自然是喘息了。伊大概有紧要的事，想搭乘电车。来得慢了，捏捉着车上的铁柱。早又被他从伊手里滑去；于是伊只有跟跟跄跄退下了！这时那位华捕忽然出我意外，赫然地笑了；他看着拙笨的伊，叫道："哦——呵！"他颊上，眼旁，霜浓的筋肉都开始显出匀称的皱纹；两眼细而润泽，不似先前的枯燥；嘴是裂开了，露出两个灿灿的金牙和一色洁白的大齿；他身体的姿势似乎也因此变动了些。他的笑虽然暂时地将我从冷漠里解放；但一刹那间，空虚之感又使我几乎要被身份的大气压扁！因为从那笑的貌和声里，我锋利地感着一切的骄傲，狡猾，侮辱，残忍；只要有"爱的心"，"和平的光芒"的，谁的全部神经能不被痉挛般掣动着呢？

这便是遍满现世间的"蔑视"了。我今年春间，不自量力，去任某校教务主任。同事们多是我的熟人，但我于他们，却几乎是个完全的生人；我遍尝漠视和膜视[a]的滋味，感到莫名的孤寂！那时第一难事是拟订日课表。因了师生们关系的复杂，校长交来三十余条件；经验缺乏、脑筋简单的我，真是无所措手足！挣揣了五六天功夫，好容易勉强凑成了。却有一位在别校兼课的，资望深重的先生，因为有几天午后的第一课和别校午前的第四课衔接，两校相距太远，又要回家吃饭，有些赶不及，便大不满意。他这兼课情形，我本不知，校长先生的条件里，也未开入；课表中不能顾到，似乎也"情有可原"。但这位先生向来是面若冰霜，气如虹盛；他的字典里大约是没有"恕"字的，于是挑战的信来了，说什么"既难枵腹，又无汽车；如何设法，还希见告"！我当时受了这意外的，滥发的，冷酷的讽刺，极为难受；正是满肚皮冤枉，没申诉处，我并未曾有一些开罪于他，他却为何待我如仇敌呢？我便写一信复他，自己略略辩解；对于他的态度，表示十分的遗憾：我说若以他的失当的谴责，便该不理这事，可是因为向学校的责任，我终于给他设法了。他接信后，"上诉"于校长先生。校长先生请我去和他对质。狡黠的复仇的微笑在他脸上，正和有毒的菌类显着光怪陆离的彩色一般。他极力说得慢些，说低些："为什么说'便该不理'呢？课表岂是'钦定'的么？——若说态度，该怎样啊！许要用'请愿'罢？"这里每一个字便像一把利剑，缓缓地，但是深深地，刺入我心里！——他完全胜利，脸上换了愉快的微笑，侮蔑地看着默了的我，我不能再支持，立刻辞了职回去。

这便是遍满现世间的"敌视"了。

---

[a] 即轻视的意思。

父母的责任

在很古的时候，做父母的对于子女，是不知道有什么责任的。那时的父母以为生育这件事是一种魔术，由于精灵的作用；而不知却是他们自己的力量。所以那时实是连"父母"的观念也很模糊的；更不用说什么责任了！（哈蒲浩司曾说过这样的话）他们待遇子女的态度和方法，推想起来，不外根据于天然的爱和传统的迷信这两种基础；没有自觉的标准，是可以断言的。后来人知进步，精灵崇拜的思想，慢慢地消除了；一般做父母的便明白子女只是性交的结果，并无神怪可言。但子女对父母的关系如何呢？父母对子女的责任如何呢？那些当仁不让的父母便渐渐的有了种种主张了。且只就中国论，从孟子时候直到现在，所谓正统的思想，大概是这样说的：儿子是延续宗祀的，便是儿子为父母，父母的父母，……而生存。父母要教养儿子成人，成为肖子——小之要能挣钱养家，大之要能荣宗耀祖。但在现在，第二个条件似乎更加重要了。另有给儿子娶妻，也是父母重大的责任——不是对于儿子的责任，是对于他们的先人和他们自己的责任；因为娶媳妇的第一目的，便是延续宗祀！至于女儿，大家都不重视，甚至厌恶的也有。卖她为妓，为妾，为婢，寄养她于别人家，作为别人家的女儿；送她到育婴堂里，都是寻常而不要紧的事；至于看她作"赔钱货",那是更普通了!在这样情势之下,父母对于女儿,几无责任可言!普通只是生了便养着;大了跟着母亲学些针黹,家事,等着嫁人。这些都没有一定的责任,都只由父母"随意为之"。只有嫁人,父母却要负些责任,但也颇轻微的。在这些时候,父母对儿子总算有了显明的责任,对女儿也算有了些责任。但都是从子女出生后起算的。至于出生前的责任,却是没有,大家似乎也不曾想到——向他们说起,只怕还要吃惊哩!在他们模糊的心里,大约只有"生儿子"、"多生儿子"两件,是在子女出生前希望的——却不是责任。虽然那些已过三十岁而没有生儿子的人,便去纳妾,吃补药,千方百计地想生儿子,但究竟也不能算是责任。所以这些做父母的生育子女,只是糊里糊涂给了他们一条生命!因此,无论何人,都有任意生育子女的权利。

近代生物科学及人生科学的发展,使"人的研究"日益精进。"人的责任"的见解,因而起了多少的变化,对于"父母的责任"的见解,更有重大的改正。从生物科学里,我们知道子女非为父母而生存;反之,父母却大部分是为子女而生存!与其说"延续宗祀",不如说"延续生命"和"延续生命"的天然的要求相关联的,又有"扩大或发展生命"的要求,这却是从前被习俗或礼教埋没了的,于今又抬起头来了。所以,现在的父母不应再将子女硬安在自己的型里,叫他们做"肖子",应该让他们有充足的力量,去自由发展,成功超越自己的人!至于子与女的应受平等待遇,由性的研究的人生科学所说明,以及现实生活所昭示,更其是显然了。这时父母负了新科学所指定的责任,便不能像从前的随便。他们得知生育子女一面虽是个人的权利,一面更为重要的,却又是社会的服务,因而对于生育的事,以及相随的教养的事,便当负着社会的责任;不应该将子女只看作自己的后嗣而教养他们,应该将他们看作社会的后一代而教养他们！这样，女儿随意怎样待遇都可，和为家族与自己的利益而教养儿子的事，都该被抗议了。这种见解成为风气以后，将形成一种新道德："做父母是'人的'最高尚、最神圣的义务和权利，又是最重大的服务社会的机会！"因此，做父母便不是一件轻率的、容易的事；人们在做父母以前，便不得不将自己的能力忖量一番了。——那些没有父母的能力而贸然做了父母，以致生出或养成身体上或心思上不健全的子女的，便将受社会与良心的制裁了。在这样社会里，子女们便都有福了。只是，惭愧说的，现在这种新道德还只是理想的境界！

依我们的标准看，在目下的社会里——特别注重中国的社会里，几乎没有负责任的父母！或者说，父母几乎没有责任！花柳病者，酒精中毒者，疯人，白痴都可公然结婚，生育子女！虽然也有人慨叹于他们的子女从他们接受的遗传的缺陷，但却从没有人抗议他们的生育的权利！因之，残疾的、变态的人便无减少的希望了！穷到衣食不能自用的人，却可生出许多子女；宁可让他们忍冻挨饿，甚至将他们送给人，卖给人，却从不怀疑自己的权利！也没有别人怀疑他们的权利！因之，流离失所的，和无教无养的儿童多了！这便决定了我们后一代的悲惨的命运！这正是一般作父母的不曾负着生育之社会的责任的结果。也便是社会对于生育这件事放任的结果。所以我们以为为了社会，生育是不应该自由的；至少这种自由是应该加以限制的！不独精神，身体上有缺陷的，和无养育子女的经济的能力的应该受限制；便是那些不能教育子女，乃至不能按着子女自己所需要和后一代社会所需要而教育他们的，也当受一种道德的制裁。——教他们自己制裁，自觉的不生育，或节制生育。现在有许多富家和小资产阶级的孩子，或因父母溺爱，或因父母事务忙碌，不能有充分地受良好教育的机会，致不能养成适应将来的健全的人格；有些还要受些祖传老店"子曰铺"里的印板教育，那就格外不会有新鲜活泼的进取精神了！在子女多的家庭里，父母照料更不能周全，便更易有这些倾向！这种生育的流弊，虽没有前面两种的厉害，但足以为"进步"的重大的阻力，则是同的！并且这种流弊很通行，——试看你的朋友，你的亲戚，你的家族里的孩子，乃至你自己的孩子之中，有哪个真能"自遂其生"的！你将也为他们的——也可说我们的——运命担忧着吧。——所以更值得注意。

现在生活程度渐渐高了，在小资产阶级里，教养一个子女的费用，足以使家庭的安乐缩小，子女的数和安乐的量恰成反比例这件事，是很显然的。那些贫穷的人也觉得子女是一种重大的压迫了。其实这些情形从前也都存在，只没有现在这样叫人感着吧了。在小资产阶级里，新兴的知识阶级最能锐敏的感到这种痛苦。可是大家虽然感着，却又觉得生育的事是"自然"所支配，非人力所能及，便只有让命运去决定了。直到近两年，生物学的知识，尤其是优生学的知识，渐渐普及于一般知识阶级，于是他们知道不健全的生育是人力可以限制的了。去年山顺夫人来华，传播节育的理论与方法，影响特别的大；从此便知道不独不健全的生育可以限制，便是健全的生育，只要当事人不愿意，也可自由限制的了。于是对于子女的事，比较出生后，更其注重出生前了；于是父母在子女的出生前，也有显明的责任了。父母对于生育的事，既有自由权力，则生出不健全的子女，或生出子女而不能教养，便都是他们的过失。他们应该受良心的责备，受社会的非难！而且看"做父母"为重大的社会服务，从社会的立场估计时，父母在子女出生前的责任，似乎比子女出生后的责任反要大哩！以上这些见解，目下虽还不能成为风气，但确已有了肥嫩的萌芽至少在知识阶级里。我希望知识阶级的努力，一面实行示范，一面尽量将这些理论和方法宣传，到最僻远的地方里，到最下层的社会里；等到父母们不但"知道"自己背上"有"这些责任，并且"愿意"自己背上"负"这些责任，那时基于优生学和节育论的新道德便成立了。这是我们子孙的福音！

在最近的将来里，我希望社会对于生育的事有两种自觉的制裁：一，道德的制裁，二，法律的制裁。身心有缺陷者，如前举花柳病者等，该用法律去禁止他们生育的权利，便是法律的制裁。这在美国已有八州实行了。但施行这种制裁，必需具备几个条件，才能有效。一要医术发达，并且能得社会的信赖；二要户籍登记的详确（如遗传性等，都该载入）；三要举行公众卫生的检查；四要有公正有力的政府；五要社会的宽容。这五种在现在的中国，一时都还不能做到，所以法律的制裁便暂难实现；我们只好从各方面努力罢了。但禁止"做父母"的事，虽然还不可能，劝止"做父母"的事，却是随时，随地可以作的。教人知道父母的责任，教人知道现在的做父母应该是自由选择的结果，——就是人们于生育的事，可以自由去取——教人知道不负责及不能负责的父母是怎样不合理，怎样损害社会，怎样可耻！这都是爱作就可以作的。这样给人一种新道德的标准去自己制裁，便是社会的道德的制裁的出发点了。

所以道德的制裁，在现在便可直接去着手建设的。并且在这方面努力的效果，也容易见些。况不适当的生育当中，除那不健全的生育一项，将来可以用法律制裁外，其余几种似也非法律之力所能及，便非全靠道德去制裁不可。因为，道德的制裁的事，不但容易着手，见效，而且是更为重要；我们的努力自然便该特别注重这一方向了。

不健全的生育，在将来虽可用法律制裁，但法律之力，有时而穷，仍非靠道德辅助不可；况法律的施行，有赖于社会的宽容，而社会宽容的基础，仍必筑于道德之上。所以不健全的生育，也需着道德的制裁；在现在法律的制裁未实现的时候，尤其是这样！花柳病者，酒精中毒者……我们希望他们自己觉得身体的缺陷，自己忏悔自己的罪孽；便借着忏悔的力量，决定不将罪孽传及子孙，以加重自己的过恶！这便自己剥夺或停止了自己做父母的权利。但这种自觉是很难的。所以我们更希望他们的家族，亲友，时时提醒他们，监视他们，使他们警觉！关于疯人、白痴，则简直全无自觉可言；那是只有靠着他们保护人，家族，亲友的处置了。在这种情形里，我们希望这些保护人等能明白生育之社会的责任及他们对于后一代应有的责任，而知所戒惧，断然剥夺或停止那有缺陷的被保护者的做父母的权利！这几类人最好是不结婚或和异性隔离；至少也当用节育的方法使他们不育！至于说到那些穷到连"养育"子女也不能的，我们教他们不滥育，是很容易得他们的同情的。只需教给他们最简便省钱的节育方法，并常常向他们恳切的说明和劝导，他们便会渐渐的相信，奉行的。但在这种情形里，教他们相信我们的方法这过程，要比较难些；因为这与他们信自然与命运的思想冲突，又与传统的多子孙的思想冲突——他们将觉得这是一种罪恶，如旧日的打胎一样；并将疑惑这或者是洋人的诡计，要从他们的身体里取出什么的！但是传统的思想，在他们究竟还不是固执的，魔术的怀疑因了宣传方法的巧妙和时日的长久，也可望减缩的；而经济的压迫究竟是眼前不可避免的实际的压迫，他们难以抵抗的！所以只要宣传的得法，他们是容易渐渐地相信，奉行的。只有那些富家——官僚或商人——和有些小资产阶级，这道德的制裁的思想是极难侵入的！他们有相当的经济的能力，有固执的传统的思想，他们是不会也不愿知道生育是该受限制的；他们不知道什么是不适当的生育！他们只在自然的生育子女，以传统的态度与方法待遇他们，结果是将他们装在自己的型里，作自己的牺牲！这样尽量摧残了儿童的个性与精神生命的发展，却反以为尽了父母的责任！这种误解责任较不明责任实在还要坏；因为不明的还容易纳入忠告，而误解的则往往自以为是，拘执不肯更变。这种人实在也不配做父母！因为他们并不能负真正的责任。我们对于这些人，虽觉得很不容易使他们相信我们，但总得尽我们的力量使他们能知道些生物进化和社会进化的道理，使他们能以儿童为本位，能"理解他们，指导他们，解放他们"；这样改良从前一切不适当的教养方法。并且要使他们能有这样决心：在他们觉得不能负这种适当的教养的责任，或者不愿负这种责任时，更应该断然采取节育的办法，不再因循，致误人误己。这种宣传的事业，自然当由新兴的知识阶级担负；新兴的知识阶级虽可说也属于小资产阶级里，但关于生育这件事，他们特别感到重大的压迫，因有了彻底的了解，觉醒的态度，便与同阶级的其余部分不同了。

　　但是还有一个问题留着：现存的由各种不适当的生育而来的子女们，他们的父母将怎样为他们负责呢？贫家子女父母无力教养的，由社会设法尽量收容他们，如多设贫儿院等。但社会收容之力究竟有限的，我们只好"尽其在人"罢了。至于那些以长者为本位而教养儿童的，我们希望他们能够改良，前节已说过了。还有新兴的知识阶级里现在有一种不愿生育子女的倾向；他们对于从前不留意而生育的子女，常觉得冷淡，甚至厌恶，因而不愿为他们尽力。在这里，我要明白指出，生物进化，生命发展的最重要的原则，是前一代牺牲于后一代，牺牲是进步的一个阶梯！

愿他们——其实我也在内——为了后一代的发展，而牺牲相当的精力于子女的教养；愿他们以极大的忍耐，为子女们将来的生命筑坚实的基础，愿他们牢记自己的幸福，同时也不要忘了子女们的幸福！这是很要些涵养功夫的。总之，父母的责任在使子女们得着好的生活，并且比自己的生活好的生活；一面也使社会上得着些健全的、优良的、适于生存的分子；是不能随意的。

为使社会上适于生存的日多，不适于生存的日少，我们便重估了父母的责任：

父母不是无责任的。

父母的责任不应以长者为本位，以家族为本位；应以幼者为本位，社会为本位。

我们希望社会上父母都负责任；没有不负责任的父母！

"做父母是人的最高尚、最神圣的义务和权利，又是最重大的服务社会的机会"，这是生物学、社会学所指给的新道德。

既然父母的责任由不明了到明了是可能的，则由不正确到正确也未必是不可能的；新道德的成立，总在我们的努力，比较父母对子女的责任尤其重大的，这是我们对一切幼者的责任！努力努力！

1923 年 2 月 3 日

论不满现状

　　那一个时代事实上总有许许多多不满现状的人。现代以前，这些人怎样对付他们的"不满"呢？在老百姓是怨命，怨世道，怨年头。年头就是时代，世道由于气数，都是机械的必然；主要的还是命，自己的命不好，才生在这个世道里，这个年头上，怪谁呢！命也是机械的必然。这可以说是"怨天"，是一种定命论。命定了吃苦头，只好吃苦头，不吃也得吃。读书人固然也怨命，可是强调那"时世日非""人心不古"的慨叹，好像"人心不古"才"时世日非"的。这可以说是"怨天"而兼"尤人"，主要的是"尤人"。人心为什么会不古呢？原故是不行仁政，不施德教，也就是贤者不在位，统治者不好。这是一种唯心的人治论。可是贤者为什么不在位呢？人们也只会说"天实为之！"这就又归到定命论了。可是读书人比老百姓强，他们可以做隐士，啸傲山林，让老百姓养着；固然没有富贵荣华，却不至于吃着老百姓吃的那些苦头。做隐士可以说是不和统治者合作，也可以说是扔下不管。所谓"穷则独善其身"，一般就是这个意思。既然"独善其身"，自然就管不着别人死活和天下兴亡了。于是老百姓不满现状而忍下去，读书人不满现状而避开去，结局是维持现状，让统治者稳坐江山。

但是读书人也要"达则兼善天下"。从前时代这种"达"就是"得君行道";真能得君行道,当然要多多少少改变那自己不满别人也不满的现状。可是所谓别人,还是些读书人;改变现状要以增加他们的利益为主,老百姓只能沾些光,甚至于只担个名儿。若是太多照顾到老百姓,分了读书人的利益,读书人会得更加不满,起来阻挠改变现状;他们这时候是宁可维持现状的。宋朝王安石变法,引起了大反动,就是个显明的例子。有些读书人虽然不能得君行道,可是一辈子憧憬着有这么一天。到了既穷且老,眼看着不会有这么一天了,他们也要著书立说,希望后世还可以有那么一天,行他们的道,改变改变那不满人意的现状。但是后世太渺茫了,自然还是自己来办的好,哪怕只改变一点儿,甚至于只改变自己的地位,也是好的。况且能够著书立说的究竟不太多;著书立说诚然渺茫,还是一条出路,连这个也不能,那一腔子不满向哪儿发泄呢!于是乎有了失志之士或失意之士。这种读书人往往不择手段,只求达到目的。政府不用他们,他们就去依附权门,依附地方政权,依附割据政权,甚至于和反叛政府的人合作;极端的甚至于甘心去做汉奸,像刘豫、张邦昌那些人。这种失意的人往往只看到自己或自己的一群的富贵荣华,没有原则,只求改变,甚至于只求破坏——他们好在浑水里捞鱼。这种人往往少有才,挑拨离间,诡计多端,可是得依附某种权力,才能发生作用;他们只能做俗话说的"军师"。统治者却又讨厌又怕这种人,他们是捣乱鬼!但是可能成为这种人的似乎越来越多,又杀不尽,于是只好给些闲差,给些干薪,来绥靖他们,吊着他们的口味。这叫做"养士",为的正是维持现状,稳坐江山。

然而老百姓的忍耐性,这里面包括韧性和惰性,虽然很大,却也有个限度。"狗急跳墙",何况是人!到了现状坏到怎么吃苦还是活不下去的时候，人心浮动，也就是情绪高涨，老百姓本能的不顾一切的起来了，他们要打破现状。他们不知道怎样改变现状，可是一股子劲先打破了它再说，想着打破了总有希望些。这种局势，规模小的叫"民变"，大的就是"造反"。农民是主力，他们有他们自己的领导人。在历史上这种"民变"或"造反"并不少，但是大部分都给暂时的压下去了，统治阶级的史官往往只轻描淡写地带几句，甚至于削去不书，所以看来好像天下常常太平似的。然而汉明两代都是农民打出来的天下，老百姓的力量其实是不可轻视的。不过汉明两代虽然是老百姓自己打出来的，结局却依然是一家一姓稳坐江山；而这家人坐了江山，早就失掉了农民的面目，倒去跟读书人一鼻孔出气。老百姓出了一番力，所得的似乎不多。是打破了现状，可又复原了现状，改变是很少的。至于权臣用篡弑，军阀靠武力，夺了政权，换了朝代，那改变大概是更少了罢。

过去的时代以私人为中心，自己为中心，读书人如此，老百姓也如此。所以老百姓打出来的天下还是归于一家一姓，落到读书人的老套里。从前虽然也常说"众擎易举"，"众怒难犯"，也常说"爱众"，"得众"，然而主要的是"一人有庆，万众赖之"的，"天与人归"的政治局势，那"众"其实是"一盘散沙"而已。现在这时代可改变了。不论叫"群众"，"公众"，"民众"，"大众"，这个"众"的确已经表现一种力量；这种力量从前固然也潜在着，但是非常微弱，现在却强大起来，渐渐足以和统治阶级对抗了，而且还要一天比一天强大。大家在内忧外患里增加了知识和经验，知道了"团结就是力量"，他们渐渐在扬弃那机械的定命论，也渐渐在扬弃那唯心的人治论。一方面读书人也渐渐和统治阶级拆伙，变质为知识阶级。他们已经不能够找到一个角落去不闻理乱的隐居避世，又不屑做也幸而已经没有地方去做"军师"。他们又不甘心做那被人"养着"的"士",而知识分子又已经太多,事实上也无法"养"着这么大量的"士"。他们只有凭自己的技能和工作来"养"着自己。早些年他们还可以暂时躲在所谓象牙塔里。到了现在这年头,象牙塔下已经变成了十字街,而且这塔已经开始在拆卸了。于是乎他们恐怕只有走出来,走到人群里。大家一同苦闷在这活不下去的现状之中。如果这不满人意的现状老不改变,大家恐怕忍不住要联合起来动手打破它的。重要的是打破之后改变成什么样子?这真是个空前的危疑震撼的局势,我们得提高警觉来应付的。

1947 年 12 月作

论且顾眼前

俗语说，"火烧眉毛，且顾眼前。"这句话大概有了年代，我们可以说是人们向来如此。这一回抗战，火烧到了每人的眉毛，"且顾眼前"竟成了一般的守则，一时的风气，却是向来少有的。但是抗战时期大家还有个共同的"胜利"的远景，起初虽然朦胧，后来却越来越清楚。这告诉我们，大家且顾眼前也不妨，不久就会来个长久之计的。但是惨胜了，战祸起在自己家里，动乱比抗战时期更甚，并且好像没个完似的。没有了共同的远景；有些人简直没有远景，有些人有远景，却只是片段的，全景是在一片朦胧之中。可是火烧得更大了，更快了，能够且顾眼前就是好的，顾得一天是一天，谁还想到什么长久之计！可是这种局面能以长久的拖下去吗？我们是该警觉的。

且顾眼前，情形差别很大。第一类是只顾享乐的人，所谓"今朝有酒今朝醉"。这种人在抗战中大概是些发国难财的人，在胜利后大概是些发接收财或胜利财的人。他们巧取豪夺得到财富，得来的快，花去的也就快。这些人虽然原来未必都是贫儿，暴富却是事实。时势老在动荡，物价老在上涨，傥来的财富若是不去运用或花消，转眼就会两手空空儿的！所谓运用，大概又趋向投机一路；这条路是动荡的，担风险的。在动荡中要把握现在，自己不吃亏，就只有享乐了。享乐无非是吃喝嫖赌，加上穿好衣服，住好房子。传统的享乐方式不够阔的，加上些买办文化，洋味儿越多越好，反正有的是钱。这中间自然有不少人享乐一番之后，依旧还我贫儿面目，再吃苦头。但是也有少数豪门，凭借特殊的权位，浑水里摸鱼，越来越富，越花越有。财富集中在他们手里，享乐也集中在他们手里。于是富的富到三十三天之上，贫的贫到十八层地狱之下。现在的穷富悬殊是史无前例的；现在的享用娱乐也是史无前例的。但是大多数在饥饿线上挣扎的人能以眼睁睁白供养着这班骄奢淫逸的人尽情地自在地享乐吗？有朝一日——唉，让他们且顾眼前罢！

第二类是苟安旦夕的人。这些人未尝不想工作，未尝不想做些事业，可是物质环境如此艰难，社会又如此不安定，谁都贪图近便，贪图速成，他们也就见风使舵，凡事一混了之。"混事"本是一句老话，也可以说是固有文化；不过向来多半带着自谦的意味，并不以为"混"是好事，可以了此一生。但是目下这个"混"似乎成为原则了。困难太多，办不了，办不通，只好马马虎虎，能推就推，不能推就拖，不能拖就来个偷工减料，只要门面敷衍得过就成，管它好坏，管它久长不久长，不好不要紧，只要自己不吃亏！从前似乎只有年纪老资格老的人这么混。现在却连许多青年人也一道同风起来。这种不择手段，只顾眼前，已成风气。谁也说不准明天的事儿，只要今天过去就得了，何必认真！认真又有什么用！只有一些书呆子和准书呆子还在他们自己的岗位上死气白赖地规规矩矩地工作。但是战讯接着战讯，越来越艰难，越来越不安定，混的人越来越多，靠这一些书呆子和准书呆子能够撑得住吗？大家老是这么混着混着，有朝一日垮台完事。蝼蚁尚且贪生，且顾眼前，苟且偷生，这心情是可以了解的；然而能有多长久呢？只顾眼前的人是不想到这个的。

　　第三类是穷困无告的人。这些人在饥饿线上挣扎着，他们只能顾到眼前的衣食住，再不能够顾到别的；他们甚至连眼前的衣食住都顾不周全，哪有功夫想别的呢？这类人原是历来就有的，正和前两类人也是历来就有的一样，但是数量加速地增大，却是可忧的也可怕的。这类人跟第一类人恰好是两极端，第一类人增大的是财富的数量，这一类人增大的是人员的数量——第二类人也是如此。这种分别增大的数量也许终于会使历史变质的罢？历史上主持国家社会长久之计或百年大计的原只是少数人；可是在比较安定的时代，大部分人都还能够有个打算，为了自己的家或自己。有两句古语说，"一年之计在于春，一日之计在于晨"，这大概是给农民说的。无论是怎样地穷打算，苦打算，能有个打算，总比不能有打算心里舒服些。现在确是到了人人没法打算的时候；"一日之计"还可以有，但是显然和从前的"一日之计"不同了，因为"今日不知明日事"，这"一日"恐怕真得限于一了。在这种局面下"百年大计"自然更谈不上。不过那些豪门还是能够有他们的打算的，他们不但能够打算自己一辈子，并且可以打算到子孙。因为即使大变来了，他们还可以溜到海外做寓公去。这班人自然是满意现状的。第二类人虽然不满现状，却也害怕破坏和改变，因为他们觉着那时候更无把握。第三类人不用说是不满现状的。然而除了一部分流浪型外，大概都信天任命，愿意付出大的代价取得那即使只有丝毫的安定；他们也害怕破坏和改变。因此"且顾眼前"就成了风气，有的豪夺着，有的鬼混着，有的空等着。然而还有一类顾眼前而又不顾眼前的人。

　　我们向来有"及时行乐"一句话，但是陶渊明《杂诗》说，"及时当勉励，岁月不待人"，同是教人"及时"，态度却大不一样。"及时"也就是把握现在;"行乐"要把握现在,努力也得把握现在。陶渊明指的是个人的努力,目下急需的是大家的努力。在没有什么大变的时代,所谓"百世可知",领导者努力的可以说是"百年大计";但是在这个动乱的时代,"百年"是太模糊太空洞了,为了大家,至多也只能几年几年的计划着,才能够踏实的努力前去。这也是"及时",把握现在,说是另一意义的"且顾眼前"也未尝不可;"且顾眼前"本是救急,目下需要的正是救急,不过不是各人自顾自的救急,更不是从救急转到行乐上罢了。不过目下的中国,连几年计划也谈不上。于是有些人,特别是青年代,就先从一般的把握现在下手。这就是努力认识现在,暴露现在,批评现在,抗议现在。他们在试验,难免有错误的地方。而在前三类人看来,他们的努力却难免向着那可怕的可忧的破坏与改变的路上去,那是不顾眼前的!但是,这只是站在自顾自的立场上说话,若是顾到大家,这些人倒是真正能够顾到眼前的人。

1948 年 1 月 17 日作

刹　那[a]

我所谓"刹那",指"极短的现在"而言。

在这个题目下面,我想略略说明我对于人生的态度。现在人说到人生,总要谈它的意义和价值;我觉得这种"谈"是没有意义与价值的。且看古今多少哲人,他们对于人生,都曾试作解人,议论纷纷,莫衷一是;他们"各思以其道易天下",但是谁肯真个信从呢?——他们只有自慰自驱吧了!我觉得人生的意义与价值横竖是寻不着的;——至少现在的我们是如此——而求生的意志却是人人都有的。既然求生,当然要求好好的生。如何求好好的生,是我们各人"眼前的"最大的问题;而全人生的意义与价值却反是大而无当的东西,尽可搁在一旁,存而不论。因为要求好好的是生,断不能用总解决的办法;若用总解决的办法,便是"好好的"三个字的意义,也尽够你一生的研究了,而"好好的生"终于不能努力去求的:这不是走入了牛角湾里去了么?要求好好的生,须零碎解决须随时随地去体会我生"相当的"意义与价值;我们所要体会的是刹那间的人生,不是上下古今东西南北的全人生!

着眼于全人生的人,往往忘记了他自己现在的生活。他们或

---

[a] 原载 1924 年《春晖》第 30 期。

以为人生的意义与价值在于过去；时时回顾从前的黄金时代，涎垂三尺！而不知他们所回顾的黄金时代，实是传说的黄金时代！——就是真有黄金时代；区区的回顾又岂能将它招回来呢？他们又因为念旧的情怀，往往将自己的过去任情扩大，加以点染，作为回顾的资料，惆怅的因由。这种人将在惆怅，惋惜之中度了一生，永没有满足的现在——一刹那也没有！惆怅惋惜常与彷徨相伴；他们将彷徨一生而无一刹那的成功的安息！这是何等的空虚呀。着眼于全人生的，或以为人生的意义与价值在于将来；时时等待将来的奇迹。而将来的奇迹真成了奇迹，永不降临于笼着手，跷着脚，伸着颈，只知道"等待"的人！他们事事都等待"明天"去做，"今天"却专为作为等待之用；自然地，到了明天，又须等待明天的明天了。这种人到死的一日，将还留着许许多多明天"要"做的事——只好来生再做了吧！他们以将来自驱，在徒然的盼望里送了一生，成功的安慰不用说是没有的，于是也没有满足的一刹那！"虚空的虚空"便是他们的运命了！这两种人的毛病，都在远离了现在——尤其是眼前的一刹那。

　　着眼于现在的人未尝没有。自古所谓"及时行乐"，正是此种。但重在行乐，容易流于纵欲；结果偏向一端，仍不能得到健全的，谐和的发展——仍不能得着好好地生！况且所谓"及时行乐"，往往"醉翁之意不在酒"；不过借此掩盖悲哀，并非真正在行乐。杨恽说，"及时行乐耳；须富贵何时！"明明是不得志时的牢骚语。"遇饮酒时须饮酒，得高歌处且高歌"明明是哀时事不可为而厌世的话。这都是消极的！消极的行乐，虽属及时，而意别有所寄；所以便不能认真做去，所以便不能体会行乐的一刹那的意义与价值——虽然行乐，不满足还是依然，甚至变本加厉呢！欧洲的颓废派，自荒于酒色，以求得刹那间官能的享乐为满足；在这些时候，他们见着美丽的幻想,认识了自己。他们的官能虽较从前人敏锐多多,但心情与纵欲的及时行乐的人正是大同小异。他们觉到现世的苦痛,已至忍无可忍的时候,才用颓废的办法,以求暂时的遗忘;正如糖面金鸡纳霜丸一般,面子上一点甜,里面却到心都是苦呀!友人某君说,颓废便是慢性的自杀,实能道出这一派的精微处。总之,无论行乐派,颓废派,深浅虽有不同,却都是"伤心人别有怀抱";他们有意或无意的企图"生之毁灭"。这是求生意志的消极的表现;这种表现当然不能算是好好的生了。他们面前的满足安慰他们的力量,决不抵他们背后的不满足压迫他们的力量;他们终不能解脱自己,仅足使自己沉沦得更深而已!他们所认识的自己,只是被苦痛压得变形了的,虚空的自己;决不是充实的生命,决不是的!所以他们虽着眼于现在,而实未体会现在一刹那的生活的真味;他们不曾体会着一刹那的意义与价值,仍只是白辜负他们的刹那的存在!

我们目下第一不可离开现在,第二还应执着现在。我们应该深入现在的里面,用两只手揪牢它,愈牢愈好!已往的人生如何的美好,或如何的乏味而可憎;已往的我生如何的可珍惜,或如何的可厌弃,"现在"都可不必去管它,因为过去的已"过去"了——孔子岂不说"往者不可谏"么?将来的人生与我生,也应作如是观;无论是有望,是无望,是绝望,都还是未来的事,何必空空地操心呢?要晓得"现在"是最容易明白的;"现在"虽不是最好,却是最可努力的地方,就是我们总能管的地方。因为是最能管的,所以是最可爱的。古尔孟曾以葡萄喻人生:说早晨还酸,傍晚又太熟了,最可口的是正午时摘下的。这正午的一刹那,是最可爱的一刹那,便是现在。事情已过,追想是无用的;事情未来,预想是无用的;只有在事情正来的时候,我们可以把捉它,发展它,改正它，补充它：使它健全，谐和，成为完满的一段落，一历程。历程的满足，给我们相当的欢喜。譬如我来此演讲，在讲的一刹那，我只专心致志地讲；决不想及演讲以前吃饭，看书等事，也不想及演讲以后发表讲稿，毁誉等事。——我说我所爱说的，说一句是一句，都是我心里的话。我说完一句时，心里便轻松了一些，这就是相当的快乐了。这种历程的满足，便是我所谓"我生相当的意义与价值"，便是"我们所能体会的刹那间的人生"。无论您对于全人生有如何的见解，这这刹那间的意义与价值总是不可埋没的。您若说人生如电光泡影，则刹那便是光的一闪，影的一现。这光影虽是暂时的存在，但是有不是无，是实在不是空虚；这一闪一现便是实现，也便是发展——也便是历程的满足。您若说人生是不朽的，刹那的生当然也是不朽的。您若说人生向着死亡之路，那么，未死前的一刹那总是生，总值得好好地体会一番的；何况未死前还有无量数的刹那呢？您若说人生是无限的，好，刹那也就可说是无限的，无论怎样说，刹那总是有的，总是真的；刹那间好好地生总可以体会的。好了，不要再思前想后的了，耽误了"现在"，又是后来惋惜的资料，向谁去追索呀？你们"正在"做什么，就尽力做什么吧；最好的是-ing，可宝贵的-ing呀！你们要努力满足"此时此地此我"！这叫做"三此"，又叫做刹那。

言尽于此，相信我的，不要再想，赶快去做你今晚的事吧；不相信的，也不要再想，赶快去做你今晚的事吧！

1924年6月1日

知识分子今天的任务 [a]

我没有多少意见，只讲几点。

第一点是过去士大夫的知识都用在政治上，用来做官。现在则除了做官以外，知识分子还有别的路可走。像工程师，除了劳心之外，还要同时动动手。士大夫是从封建社会来的，与从工业化的都市产生的新知识分子不同。旧知识分子——士大夫，是靠着皇帝生存的，新知识分子则不一定靠皇帝（或军阀）生存，所以新知识分子是比较自由的。他们是"五四"以后才有的，例如刚才所说的大学教授等等。

第二点是觉得大学生应该也是知识分子。这样的话，如说知识分子的定义是靠出卖知识为生的，好像就不大对。

知识分子的道路有两条：一条是帮闲帮凶，向上爬的，封建社会和资本主义社会都有这种人；一条是向下的。知识分子是可上可下的，所以是一个阶层而不是一个阶级。

第三点关于刚才谈到的优越感。知识分子们的既得利益虽然赶不上豪门，但生活到底比农人要高。从前的士比较苦，我们的上一代就提倡节俭勤苦。到资本主义进来，一般知识分子才知道

---

[a] 本文是作者于1948年7月23日在《中建》半月刊主办的座谈会上发言记录。地点在清华大学工字厅。

阔了起来，才都讲营养讲整洁，洋化多了。这种既得利益使他们改变很慢。我想到以前看《延安一月》的时候，大家讨论，有一个感想。就是如果一个人落到井里去了，在井旁救他是不行的，得跳下井去救他，一起上来。要许多知识分子每人都丢下既得利益不是容易的事，现在我们过群众生活还过不来。这也不是理性上不愿接受；理性上是知道该接受的，是习惯上变不过来。所以我对学生说，要教育我们得慢慢地来。

看到张东荪先生的文章，说不用跳下井去，可以把一般人拉上来和我们一样，觉得放心了许多；但是方才听袁翰青先生的话，说增产的过程很长，要十年二十年，又觉得还是很不容易了(笑声)。